“十三五”国家重点出版物出版规划项目

丝路文库
SILK ROAD LIBRARY

丝路文库

苏莱曼东游记

〔阿拉伯〕苏莱曼 著
刘半农 刘小蕙 译

华文出版社
SINO-CULTURE PRESS

Voyage Du Marchand Arabe Sulaymân Par Sulaymân

蘇萊曼著

劉半農 劉小蕙 合譯

蘇萊曼東遊記

蔡元培題

《苏莱曼东游记》译文自1927年开始在《语丝周刊》分期刊登，后改付《地学杂志》发表，1937年由中华书局首次出版。

出版说明

中国与阿拉伯国家的文化交往已有数千年的历史。在新的历史时期，随着习近平总书记“丝绸之路经济带”与“21世纪海上丝绸之路”倡议的提出，中阿文化交流更加活跃而多彩。中国近现代学者刘半农与其女刘小蕙合译的《苏莱曼东游记》是研究古代丝绸之路、中西交通史的重要著作。根据我社“丝路文库”出版计划，现将此译著重新介绍给读者。

译本完成于20世纪初期，曾在《语丝周刊》和《地学杂志》上发表，后于1937年由中华书局首次出版。此次出版，为便于读者阅读，在尊重译者原书内容的原则下，征得译者家属同意，在词句和体例方面做出微调，并根据内容搭配部分插图，希望读者喜欢。

为方便阅读，新版《苏莱曼东游记》采用如下注解方式：

(刘氏原作注解)— 贯串在文章中间或放在每页的下方，并且加上脚注

〔费氏原注解〕— 用六角括弧〔 〕贯串在文章中间

【他人叙说段落】— 用大方括弧【 】标出：

【据亚库比说……】

【据马提乌斯说……】

下划线— 所有特殊专有名词、地名、人名和国名加有下划线

如:西藏、阿拉伯、印度、白勒海拉等

雷氏原注解— 从原文章中取出放在每页的下方标以:雷译作“……”并在文章中标出①,②,③,……,以示来源

华文出版社

目录

译者刘半农简介 01
译者刘小蕙简介 03
序　一 05
序　二 07
9–10世纪阿拉伯人航海东来路线图 09

第一卷（苏莱曼著——公元八五一年）

故事的链子 003
关于印度、中国及其国王的消息 031

第二卷（哈桑补著——公元九一六年）

关于中国和印度的消息 061
关于爪哌加城的记载 083
续叙关于中国的消息 091
关于印度的几个见闻 101

桑高地方 …………………………………………………………… 111
琥　珀 ………………………………………………………………… 117
珍　珠 ………………………………………………………………… 121
关于印度的别种传说 …………………………………………………… 125

后　记 …………………………………………………………… 127

译者刘半农简介

刘半农（1891—1934），名复，字半农，江苏江阴人。中国现代史上著名的文学家、语言学家和教育家。他是"五四"新文化运动的闯将之一，早年参加《新青年》的编辑工作，是我国白话诗的拓荒者，同时在书法、摄影、考古等方面也有突出的造诣。1917年由前国立北京大学蔡元培校长聘为国文教师。1920年刘半农赴英国伦敦大学和法国巴黎大学留学。1925年3月，他以《汉语字声实验录》等两篇论文获得法国国家文学博士学位，并荣获法国"康士坦丁·伏尔内语言学”专奖。他毕业回国以后，复任北京大学教授，讲授语音学，并筹建了我国第一个语音乐律实验室。1927年组建我国第一个“中国西北科学考察团”。

刘半农的一生著作丰硕，所作新诗多描写劳动人民的生活和疾苦，语言通俗。他创作了《扬鞭集》《瓦釜集》，编有《初期白话诗稿》、学术著作《中国文法通论》和《四声实验录》等。1925年，他编著了我国第一部丝路敦煌学著作《敦煌掇琐》，并著有摄影理论书《半农谈影》，另有翻译作品《法国短篇小说集》等。这本《苏莱曼东游记》是刘半农父女合作翻译的唯一作品。

1920年，他在英国留学时创作了《教我如何不想她》的白话诗，由当时也在欧洲留学的语音学家赵元任谱了曲，随后此歌曲在国内传唱开来，流传至今。其中“她”字，是刘半农首先创造的女性代词，同时他还创造了“它”字，以代表无生物。

1934年夏，刘半农暑假时带领学生去内蒙古等地考察民俗和方言，不幸身染重疾，抱病回到北京后不久便与世长辞。

译者刘小蕙简介

刘小蕙（1916—1998），刘半农长女，外语教育家和翻译家，江苏江阴人，出生于上海。她曾在上海外国语学院任教25年，精通英语、法语、意大利语等多国语言。1920年因父亲刘半农赴欧洲求学，她随父母同行。1921年，父亲在巴黎大学攻读博士时，她进入法国小学读书。她从小喜爱阅读和文学。1925年，她随父母亲离开巴黎回国，定居北京。就读于孔德小学时，她就开始在父亲的指导下学习翻译《朝鲜民间故事》和《法国中古短笑剧》等法语著作，之后她进入北京中法大学附中学习。

1936年，刘小蕙赴瑞士弗莱堡大学读书，1938年转赴法国巴黎大学攻读法国文化和历史，其间与在意大利求学的方柏容相识，1940年在意大利结婚。1941年欧州第二次世界大战期间，举家暂居美国。1947年全家回国定居。

1956年夏，刘小蕙进入上海外国语学院工作，担任法语和意大利语课程，讲授文学，指导研究生，编写教材和出考题。她曾参加上海译文出版社的《英汉大词典》编写工作。她在从事外语教学工作的同时，还为上海电影译制厂翻译了多部外国影片，如《如此人生》《回家去》等，以及科教片《中国的丝绸》《断臂再植》等。她还为不少出国影片配音，如《孔雀公主》《韶山银河》等。她曾应上海戏剧学院、上海人民广播电台的邀请介绍过法国和意大利的著名戏剧作家。1981年，她从上海外国语学院退休。

1982—1984年，刘小蕙曾继续翻译外国名著，并且接受多家杂志社的采访和邀请，写过介绍父亲刘半农的文章，并在《新文化史料》《大众摄影》《翻译通讯》等刊物上发表。1985年刘小蕙移居美国，1994年写成回忆录《父亲刘半农》，1998年去世。

序　一

苏莱曼（Sulayman）是阿拉伯商人，以公元八五一年（唐宣宗大中五年）东游印度、中国等地，作游记一卷。至九一六年（后梁末帝贞明二年），有哈生（Abu Zayd Hasan）者，就所知晓，为撰补注一卷。一九二二年，法人费郎（Gabriel Ferrand）据巴黎国家图书馆所藏阿拉伯写本第二二八一号译为法文，即依原次分为二卷：卷一为苏氏书，卷二为哈氏补注。原本有简省不可通处，费氏寻译文义，为之贯串一二；或缺略甚多，则为参据他书，加以增补。凡此之类均以六角弧〔　〕括之。圆弧（　）所括，则为通常注释；原本页数，亦分别注明。今重译是书，体例悉从费本。唯原本开首二十余行是后人所拟，费本用斜体字印，今则于其所正处用小字注明之。此外如有注释，亦概用小字，外加圆弧，以别于费注。

一九二七年五月十五日

此稿于去年夏秋间分期译登《语丝周刊》。嗣《语丝》遭民贼之殃，改由上海出版；南北交通既绝，译事遂归停顿，计已刊者不过全书四分之一而已。近承张亮尘兄嘱赓前业，改付《地学杂志》发表，并以一八四五年雷诺氏（Reinaud）法文旧译本相假，俾资比证。因于多忙多病中努力为之，倘有疵谬，尚望爱我者不吝赐正。

刘半农

一九二八年十一月十二日

北平

序　二

两个月以前，承父亲的几位老朋友的帮助，我有了出国求学的机会，所以在匆忙之中，未动身之前，我很高兴地把这部《苏莱曼东游记》赶紧地整理出来，希望它能快快地出版。但是在未出国之前，我还想在这里说几句话，表明我对于父亲永远永远的纪念；同时对于许多助我完成这部书的父亲的友人们道谢。

在最初的时候，当我开始写一点小东西或是翻译一些小东西的时候，父亲曾经向我说过："好好地写，好好地译，将来我们出一本刘氏父女合作的东西。"当时我听了十分的喜悦，觉得能同父亲合作是十分的光荣，同时暗暗地感激着父亲对于我种种的希望，但当时又怎会想到这部《苏莱曼东游记》便成了我们最初而又是最末的合作品呢？能承了父亲的意思把这部书完成了固然可喜，但是这喜悦常常引起了我的悲哀，引起了我不断思念父亲的悲哀！父亲是去世了，离开我们已经两年了，然而他希望我上进的心永远地深刻在我的心中，使我念念不会忘去。这便是我特别看重这部书而觉得宝贵它的缘故。

三四年前，我最初的一部翻译品出版的时候，父亲便把这书未译完的一部分交给我，叫我接着把它译完了。他打算等到我译完了给我改，再送到《地学杂志》去发表。因为父亲的事情很忙，而《地学杂志》还不时地来催稿子，《苏莱曼东游记》的前半部便是在《地学杂志》上发表的。但因为我那时身体不大好，时常地生病，同时又忙着校内的功课，所以虽然把那一部分书接了过来，然而始终也没有动手去译。一直到前年父亲到西北去之前他又同我提起这一件事来，我答应他在暑期中一定替他译完。但是最教我伤心的便是我又失信了，在他抱病归来的时候，我还是一点儿也没有动手。因此他始终也未能看到我翻译的一部分。

父亲逝世以后，因为我所受打击太大，刚刚养好的病又复发了。所以我一方面在家中养病，一方面就努力地把父亲所托付的这件事，慢慢地做起来，一直到十二月底才算完完全全地译完了。此后又经过陈绵先生校过，大概也不至于有太大的毛病。同时又承了张星烺先生的好意依旧在《地学杂志》发表，周岂明老伯更答应在出版之前为这书作篇序，蔡元培先生也已经为我写了一个封面，大家对于我的帮助我永远也不会忘了的。借这个机会我在此地向他们致谢了。

刘小蕙

一九三六年春

北　平

9–10世纪阿拉伯人航海东来路线图

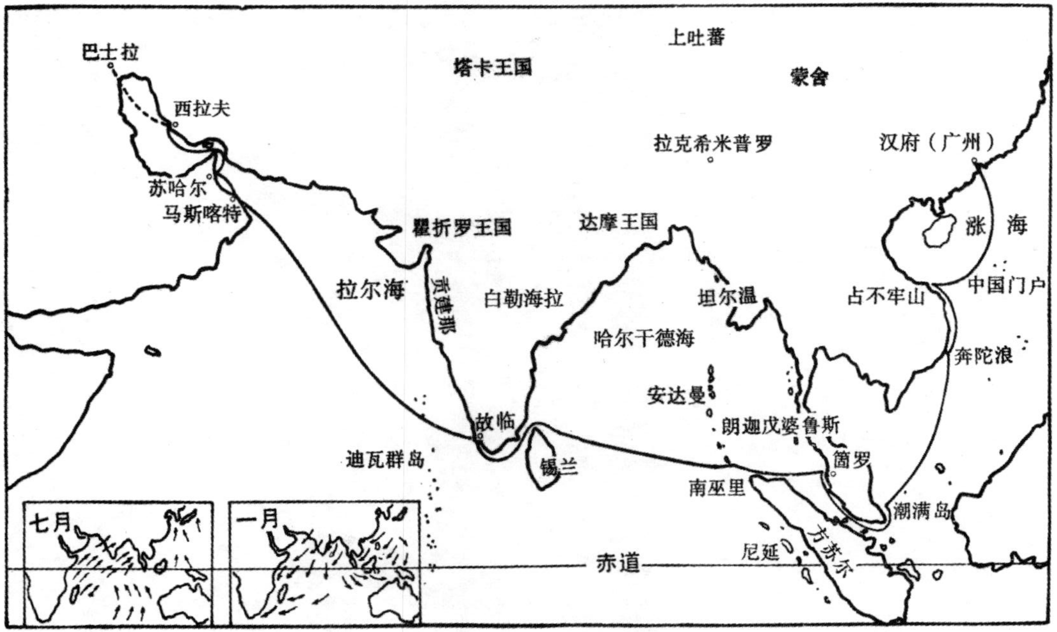

（此图引自中华书局1983年出版的《中国印度见闻录》，并根据本书译名做了略微改动）

第一卷

(苏莱曼著——公元八五一年)

故事的链子

这一本书里包藏着一条故事[1]的链子（这就是说，中间有许许多多的彼此相关的故事）。有邦国的故事，有海洋的故事，有〔各色各种的〕鱼的故事。也有关于大地以及关于世界上种种奇迹的记述；也说到各邦国及其已经开垦的部分的地理位置；[2]也有关于动物，关于奇物，以及关于别种东西〔的记述〕。这是一部宝贵的书。

这一章书里所说的是海洋，其位置处于西印度[3]，与信德（Sind）与歌革（Gog）和玛各（Magog）二〔邦〕（这是说，亚洲东部，在中国以北的地方），与卡夫山（Kaf，这是个环绕世界的神山），与锡兰（Sirandib），与艾布·胡拜斯（Abu Hubays）所打胜的一个〔邦〕的中间[4]。这艾布·胡拜斯是

---

① 故事，费译本作Histories，可译作历史，亦可译作故事，雷译本作Chroniques则应译作历史，但就下文文义看，仍以译作故事为妥。

② 雷译本作“也说到地上各城市和已经殖民的各处的大概情形”。

③ 雷译本作“印度”。

④ 邦，法文作Pays，可译作土地，亦可译为国家，今译为邦，取其可通于两义之间也。后同。

海　兽

个活到二百五十岁的人。有一年，他到了玛各（Magog）邦，看见哲人萨瓦（As-Sawah）。哲人把他领到海边，指给他看一条鱼，〔鱼背上竖着些什么东西，〕好像是船上的帆一样。有时候，鱼头露到了水面上[①]，那么人们就看见了一个很庞大的东西了。有时候，它从鼻孔中喷出水来，〔人们就看见一根大水柱，〕和〔圣教寺的〕大塔顶一样高。当海洋平静，鱼类分散在各处的时候，它摇一摇尾，就把鱼类聚拢来；接着是它张开了嘴，人们就可以看见所有的鱼都〔投〕到它肚子里去了，像是到一口井里去的一样。航海人在这一个海洋里航行，都怕这一种鱼；所以到了夜里，他们都摇着木闹铃，像耶教（即耶稣教）教徒高声做祷告的时候摇着木闹铃一样，希望这样闹了，鱼就可以不来靠近船，不来把船打沉。

这样一个海洋里，有一种鱼，是我们所捕的，它的长度是二十肘[②]。我们把它的肚子剖开，中间有一条同类的鱼。再把这第二条鱼的肚子剖开，中间还有一条同类的鱼。这些鱼都是活的，会动的，它们的样子彼此相同。

这种的大鱼名字叫作瓦尔（Wal）。虽然它的身体很庞大，却有一种一肘长的，名字叫作拉斯克（Lask）的鱼，寄生在它身上[③]。瓦尔（Wal）一面做着海洋里的王，用它的威力，残杀一切

① 以上原本缺，后人拟补。

② 肘，古量名，起于肘，止于中指之端，约合今量五十生的米突（约合五十厘米）。

③ 雷译作“它的仇敌”。

的鱼，一面却被这小鱼制服着[①]，因为自从瓦尔（Wal）出生的时候起，这小鱼就〔附生〕在它的耳朵里，直到它死的时候为止。这拉斯克（Lask）鱼也能寄生在船身上，大鱼因怕小鱼的缘故，所以不敢近船。

这海洋里，还有一种鱼，据说它的面孔和人的面孔一样，而且还能飞出水面。这一种鱼的名字叫作梅奇（Mayj，或作Mij）。另有一种鱼在水中等候着，等着它〔飞出水面以后〕重新跌到水里去的时候，就把它吞吃了。这一种鱼名字叫作安卡他斯（Ankatus），其余的鱼，也都互相吞吃。

【据亚库比（Ya'kubi）说，中国是一个大国，若然要〔从波斯海湾起，〕取道上中国去，就得渡过七个海。这七个海，各有各的颜色，与风，与鱼，与清爽之气，彼此都不相同。第一个海是法尔斯海（Fars，即波斯海湾），其起程处是西拉夫（Siraf），止点是戎朱马角（Ras al-Djum-djuma）[②]。这个海是狭窄的，其中有采取珍珠的区域。】[③]

【据马司乌提（Mas'udi）的《金原宝矿书》里面说，法尔斯（Fars）海一直延长到乌巴拉（Obolla）、巴腊吉（Barrages）与阿巴丹（Abbadan）三处。这三处都属于巴士拉（Basra）地方。这一个海湾有一千四百哩长，其产生处有五百哩宽[④]，但

① 雷译作"当大鱼发了怒，要攻击海里的鱼类，而对它们残虐的时候，这小鱼能制服它，使它有理性"。

② 意为"脑壳岬"，或称Ras al-Hadd，意为"界限岬"或"边界岬"。

③ 此节据费氏所作"天高波斯突厥地志游记合参"，补原书卷一，页四九〇。

④ 此所谓产生处，常指入大海处而言。

是有许多地方两岸间〔只有〕一百五十哩[1]宽。这一个海湾是三角形的，三角的顶尖就是乌巴拉（Obolla）。三角的东面一边，是由波斯的海岸连成的，〔其中依次数去，〕有达拉克·费尔斯邦（Dawrak al-Furs，意思是说："波斯人的有颈瓶"）；有马赫鲁班（Mahruban）城；有信尼（Siniz），是制造绣花布的地方，又出别种的织物，叫作信尼兹（Sinizi）；有塔娜巴（Tannaba）城，出产的布就叫作塔娜比（Tannabi）；有纳吉拉姆（Najiram）城，在西拉夫（Siraf）的境界之内；有巴努·阿玛拉（Banu Amara）人的邦。其次是克尔曼（Kirman）海岸，或称作霍尔木兹（Hormuz）邦。霍尔木兹（Hormuz）的位置在辛贾尔（Sinjar）城的对面，在阿曼（Oman）的境界之内——从克尔曼（Kirman）海岸延引过去，紧接就是马克兰（Makran）邦的海岸，其中所住的是邪教徒，名目叫作苏拉（Sura）；这地方生产的棕树很多。其次紧接着就是马克兰（Makran）的〔首都〕提兹（Tiz）。其次就是信德（Sind）海岸了，这里有弥兰河（Mihran，即Indus，印度河）的许多出口。这条河是一个邦域里的主要的河，我们在前文已经说过了。在此的海边上，有一座第步尔（Daybul）城，是西印度的海岸与婆鲁斯（Baruc）的土地的交界处[2]。婆鲁斯（Baruc）地方的人所造的矛子，名目就叫作婆鲁奇（Baruci）。自此以往，这一条海岸全无间断地通到

① 哩，法语作Mille，即英语之Mile，源出罗马，意为千步之长。后德意英诸国均用为量名，而长短不同。此不知何指。

② Baruc，古称Bharukaccha，即Potolemee（古希腊天文学家、地理学家）所说的Bapuyata，现在的地图里写作Broach。

中国，中间也有已经殖民的地方，也有荒芜的地方。在法尔斯海（Fars，即波斯海湾）与马克兰（Makran）与信德（Sind）一岸的对岸，有波赫莱（Bohray）邦，有卡特拉（Katre）诸岛，有巴努·祖兹曼（Banu Zudzayma）人的沿海地，有阿曼（Oman）邦，有马哈拉（Mahara）地方，〔这马哈拉地方〕直通到戎朱马角（Ras al-Djum-djuma）地方（亦称Ras al-Hadd）；这戎朱马角地方是分属于席赫尔（Sihr）与艾赫卡夫（al-Ahkaf，意为“砂湾”）两处地方之内的。这波斯海湾里有许多岛，有如哈拉克（Harak）岛，又称为塔娜巴（Tannaba）邦，因为这一个岛，是塔娜巴（Tannaba）的一部分，而且中间只相隔着不多几个巴拉桑斯（Parasanges）[①]。这一个岛里所出产的珍珠，就叫作哈拉奇（Haraki，意为“Harak珠”）。又如奥瓦尔（Owal）岛，上面住的是巴努·马安（Banu Maan）人和巴努·米斯马尔（Banu Mismar）人，和别种阿拉伯人。从这一个岛上动身，只需要一天或者还不到一天的路程，就可以到巴林（Bahrayn）海岸上的各城。这一条海岸〔又称为哈贾尔（Hajar）海岸〕，上面有扎拉（Zara）城和卡提夫（Katif）城。奥瓦尔（Owal）岛以后，还有许多的岛，其中有一个，名叫拉法特（Lafat）岛，又叫作巴努·卡旺（Banu Kawan）人的岛，是从前被阿慕尔·本·阿斯（Amr bin al-As）征服的，到现在岛上还有一个回教寺，就是用他的名字命名的。这是个居民繁盛的岛，岛上被村庄和培种的植物遮满了。这岛的近邻处，有一个希贾尼（Hinjann）岛，是航海

① 古波斯量名，合五千二百五十米突（约合今五点二五千米）。

的人装取清水的地方；离这岛不远，有几个小屿，就是〔民间所传说的〕“苦赛义尔（Kusayr）屿与欧沃依尔（Uwayr）屿，还有一个第三屿也未必见得好”。最后是一个都尔杜尔（durdur，意为“漩涡”），就是那有名的穆桑达姆（Musandam）漩涡，航海的人给它起一个绰号，叫作艾布·黑马尔（Abu Humar，意为“小驴子的老子”）。这些地方的岛屿都是浮出于海面的黑岛，上面没有植物，也没有动物，四面环绕的是深的海，当海船航行到近处的时候，有凶恶的大浪扑击上去，使船上的人恐惧。这一段〔危险的〕海道，位置在阿曼（Oman）与西拉夫（Siraf）中间，是航海的要道，海船必须在许多岛屿中间穿过，没有方法可以避免。有些船走错了〔路，就遭了难了〕；有些船〔走得好〕，才能到达目的地。这一个波斯海湾里的水，依上文所说，所灌溉的是巴林（Bahrayn）、波斯、巴士拉（Basra）、阿曼（Oman）、克尔曼（Kirman）以至戎朱马角（Ras al-Djum-djuma或Ras al-Hadd）……】[1]

【据亚库比（Ya'kubi）说，第二个海是从戎朱马角（Ras al-Djum-djuma）起头的，名字叫作拉尔维〔Larwi，意思是说拉尔（Lar）邦的海，即古吉拉特（Guzerate）的海〕。这是个大海，海中有瓦克瓦克（Wakwak）人（所占有）的诸岛，以及赞吉（Zang）人（所占有）的诸岛。这些岛里面，有的是有国王的。在这一个海里航行，只能看着天上的星做向导。海中有大鱼，有

① 此节据Meynard，Courteille二氏所译《金原宝矿书》补，原书卷一，页二三八至页二四一。

许许多多的奇怪的东西和难以形容的东西。】[①]

【据马司乌提（Mas'udi）说，海船从戎朱马角（Ras al-Djum-djuma或Ras al-Hadd）离开了波斯海湾，就到了第二个海或拉尔维海〔拉尔(Lar)邦的海或古吉拉特（Guzerata）的海〕里了。我们不知道这海有多深，也不能确定它的界限，因为海水很深，有许多航海家，以为要把这海里的地理情况叙述出来是很难的，因为海里面分布得太复杂了。海船要横渡这一个海，通常要两三个月的工夫，有时候只要一个月，若然碰到了好风，而船上执事人也都不害病。虽然在总名为阿比西尼亚（Abyssinie）海的各海之中，这是最大而且风浪最险恶的一个。这海里还包括着一个赞吉（Zang）海，灌溉着赞吉（Zang）邦的沿岸（即非洲的东岸）。这拉尔维（Larwi）海里所出的琥珀很少，在赞吉（Zang）海岸上，以及阿拉伯的席赫尔（Sihr）海岸上，可出得很多。这一个邦〔指席赫尔（Sihr）海岸〕里的人民，是库达·本·马立克·本·希姆亚尔（Kuda'a bin Malik bin Himyar）的子孙，混合着别种的阿拉伯人，一般人都把他们合称为马哈拉（Mahara）人。他们的头发厚而且长，披垂在肩上；他们说的话，也和阿拉伯人说的不同。例如：Kaf（K）一个音，他们说作了：Sin（S）……他们都是穷苦可怜的人。可是，他们有一种极好的骆驼，就是那有名的马哈拉（Mahara）种，是他们晚上骑用的。据许多人说，这种骆驼走得和贝扎（Bogas）人的骆驼一样快（Bogas，或称Bejas，是红海西岸的人种），甚至于还可以更快些。他们骑着骆

① 此节据《天方波斯突厥地志游记合参》补原书卷一，页四九。

驼到海滨上去走，骆驼看见了海水冲上来的琥珀就跪下——这是训练到如此的——骑骆驼的只需伸手一拾就是了。最好的琥珀，出在赞吉（Zang）一带的海岛上和海边上，形状是圆的，颜色是灰蓝的，有时可以大得和鸵鸟蛋一样，或者略略小一点。也有许多琥珀，被前文说过的瓦尔（Wal）鱼吞吃了。有时候海面上的风浪极大，鱼嘴里呕吐出来的琥珀的碎片，几乎有大块的石头的四分之一大。这一种鱼吞吃了许多的大块琥珀，〔久而久之，〕就被它们窒厄死了，漂浮在水面上。于是就有赞吉（Zang）邦的人，或别邦的人——他们平时就预备了小船等候着——立刻用鱼叉绳索之类的东西，把死鱼从海水中拖起，破开它的肚子，取出琥珀来。在内脏深处的琥铂，有一种使人作呕的气味，这气味是伊拉克（Irak）和波斯造香料的人所知道的，名目叫作纳达（Nadd）。近背脊处的琥珀，在鱼体内留存愈久，愈纯净。】①

【这也是马司乌提（Mas'udi）说的。其次是拉尔维（Larwi）海海边上有赛义姆尔（Saymur）城，有索帕拉（Subara）城（古Surparaka埠，近孟买），有塔纳（Tana）城（近孟买），有辛（Sindan）城，有坎巴雅（Kanbaya）城（今Cambaye城，在Camyay海湾深处）。还有许多其他的城，都是属于西印度和信德（Sind）境内。】②

第三个海名叫哈尔干德海（Harkand，即孟加拉海湾）。在这一个海与拉尔(Lar)海〔即古吉拉特（Guzerate）海〕的中

① 此节据《金原宝矿书》卷一，页三三二至三三五补。

② 此据同书同卷三〇页补。

间，有许许多多的岛〔拉克代夫（Laquedives）诸岛及马尔代夫（Maldives）诸岛〕。据说，总共有一千九百个岛。这些岛做了两海的分界，统治这些岛的，是一个女人。有时候，大块的琥珀〔被海水冲〕到这些岛〔的海滩上〕来。这种大块的琥珀，形状有像植物的，也有近于植物的。它们在海底的时候，就像植物一样生长着。到海水激荡得厉害了，它们就从海底被冲〔到海面〕上来。这种琥珀，形状像菌一样。①

这些被一个女人所统治的各岛，是种植椰子树的。岛与岛间的距离，有二至四个巴拉桑斯（Parasanges）。各岛上都有人，而且都种了椰子树。岛民的财富，是用一种小贝计算的。他们的女王所积蓄的小贝很多，都储藏在王库②里。他们能织造一种衣服，有两个袖，一个颈披，披上垂下两个袖饰，胸前开一个口，却只是整整的一块布；据说，就这一点上看，〔世界上〕没有比他们更灵巧的民族了。〔此外，〕他们还能造船，能造房子，能用极纯熟的技术做种种的工。

小贝是会自己到海面上来的；〔这贝里〕包藏着一种活的东西。〔要捕捉它，〕只需把椰子树的小枝浮在水面上，它就自己来停歇在上面了。这种小贝，岛民唤作卡布塔基（Kobtaj）。

这许多岛里的最后一个是锡兰（Sirandib）岛；它的位置是在哈尔干德（Harkand）海里；在诸岛之中，这是最重要的一个岛。

---

① 雷译作“海水激荡的时候，把琥珀冲到水面，像番瓜和菌类一样”。

② 雷译作“栈房”。

各式货币贝壳

所有这些岛〔拉克代夫（Laquedives）诸岛与马尔代夫（Maldives）诸岛〕，总名叫作迪巴贾特（Dibajat）。在[①]锡兰（Sirandib）岛，有一个采珍珠的区域。这一个岛四面全是海。岛上有一座山，名叫拉洪（Rahun），是当初亚当——我们向他行礼！[②]——踏过脚的，〔当他被从天堂逐出的时候，〕他的脚〔印〕还留在山顶上，深深地刻在石头里。这山顶上只有一只脚的脚印。据说亚当——我们向他行礼！——跨了一个步，（这一只脚踏在山上，）那只脚却踏在海里。又有人说，这山上的脚〔印〕，大约有七十肘〔长〕。

沿着这座山，有一处地方，出产许许多多的宝石：有红宝石，有黄宝石，有水钻。

锡兰（Sirandib）岛上有两个国王。这是个大而且宽的岛，岛上产檀香与黄金，以及各种的宝石；沿岛的海里，出产珍珠与斯安克（Sank），〔Sank是一种大螺壳，可以当作〕喇叭一样地吹〔，岛民把它看作一种宝贵的东西〕。

在这哈尔干德（Harkand）海里，过了锡兰(Sirandib)岛以后，〔所遇到的〕岛并不多，却都很大。这些岛的详细情形，我们不大知道。〔其中有一个是〕南巫里（Ramni）岛，岛上有好几个国王。岛的面积，据说有八九〔平方〕巴拉桑斯（Parasanges）。岛上有金矿，又产〔樟脑〕，名叫方苏儿（Francur）〔的樟脑〕，是樟脑中最好的一种[③]。

---

① 雷译作“近”。

② 雷译作“愿和平在其身！”

③ 雷译作“又种一种植物，名叫Fansour，从中可以取出第一等的樟脑来”。

这些岛以后，还有许多岛，其中有一个名叫尼阿斯（Nias）岛。这些岛上产黄金甚多。岛民以椰子为营养品。他们把椰子调制在食品里，也〔把椰子油〕涂抹在身上。

他们中如果有人要娶妻，就得杀一个敌族人，取到一个脑盖骨。要是他能杀死两个敌族人，他就能娶两个〔妻〕；要是他能杀死五十个敌人，他就能用五十个〔敌族人的〕脑盖骨，娶得五十个〔本族的〕妻。这种风俗（之所以造成），是由于岛民的敌族人太多了[①]；最能杀敌而取其脑盖骨的，就最为本族人所重视。

在这南巫里（Ramni）岛上，有许许多多的象，有苏木，有竹，还有一个吃人的部落。这个岛受到两个海的灌溉：就是哈尔干德（Harkand）海与萨拉赫（Salahit）海〔就是马六甲（Malaka）海峡里的海〕。

过了这一个岛，就到了朗迦戍婆鲁斯（Langabalus）诸岛（即Nicobar诸岛）。岛上人口很密，男人和女人都是露体的。只是女人身上，从脐下至膝上[②]用树叶〔遮蔽了〕。每当海船航行到了近岛处，岛上的男人就坐着大大小小的独木船[③]来迎接，以椰子、玛瑙与人交换铁器。他们是用不着衣服的，因为这地方的天气不热，也不冷。

过了这朗迦戍婆鲁斯（Langabalus）诸岛，有两个岛，中间隔开一个海，名叫安达曼（Andaman）海。岛上的土人，都是要

① 雷译作“是由于岛身四面都被敌人包围着”。
② 雷译作“只是女人身上的自然部分”。
③ 雷译作“小船”。

吃人的。他们的皮肤是黑色的，头发是卷的，面貌和眼睛都很可怕，脚很长。其中有一人，脚有一肘长。他们都露着体，但没有独木船。要是能有独木船①，他们早把航行到近岛处的人吃完了。有时候，海船因为〔没有〕风，只得〔在近岛处〕停着。船上的水用完了，船中人走上岛去向岛民讨水喝，有时不免被他们抓了去，但大多数都能逃走脱身②。

过了这个岛，有几座山，可并不在〔往中国去的一条〕路线之上。据说山上有银矿，但没有居民③，而且并不是所有的海船都能到达的。若要到这银山上去，应当把一座名叫阿尔霍纳米（al-Husnami）的山当作向导。曾有一条船，在邻海中经过，船上的水手们看见了这座山，就把船对着它开去。〔等开到了近山处，他们就抛锚，〕第二天早晨，他们驾了小艇登岸。他们伐了些树木生起火来，〔他们把含银的土放到了火里，〕就有一股银水流出来。他们用这个方法，取到了许许多多的银子。他们尽量把银子搬走。可是，等他们上了船以后，海里面就大起风浪了。他们没有办法，只得把所有搬来的银子，一起抛在海里。因为有了这一次的经验，后来就有人特地组织了一个航海队，以探采这座银山为目的，然而那一座山，竟是再也寻不到的了。这样的探险是海面上常有的事。（尽管）探了无数次，而那岛仍旧是不能再找到，而且有许多岛，永远是可望而不可即〔，因为中间有神秘的阻隔，无论如何总不能超越过去〕。

① 雷译均作“小船”。
② 雷译作“其中大多数都给他们杀死”。
③ 雷译作“无居民”。

有时候在这哈尔干德（Harkand）海里，人们看见一朵白色的云，把它的影子遮盖了海面上的船只。这云能吐出一个舌头来，薄而且长，往下直伸至与海面相接触。于是海水就沸腾起来，好像是地面上起了旋风，把灰尘卷成了一根长柱一样。要是海船碰到了这旋风，就立时被它吞吃了。接着，那白云往高处飞升，天上就下起雨来了，雨水中往往夹带着海里面的东西。我不知道云里的水，是不是从海里借去的，或者是这里面还有别种的原因①。

在〔东方〕诸海中，若然遭到了一种风，海水就立时翻腾起来，像锅子里沸着的水一样。于是，它把它自己所包含的东西都呕吐出来，冲到了它所灌溉的各岛的海岸上去。它能捣毁海船，也能吐出极庞大的死鱼。有时候，岩石与山被海水冲着飞动，像弓上射出去的箭一样。

至于哈尔干德（Harkand）海里，除了这种风以外，还有一种由西〔或偏西〕向北或西北吹的②风。〔这风一起，〕海水就像锅子里〔的水〕一样地沸腾着，它就吐出许多玛瑙。海水愈深愈多，则玛瑙愈好。当这一个海——这是说，这哈尔干德（Harkand）海——翻腾得极厉害的时候，〔海面上〕好像有烈火燃烧着似的。这海里有一种鱼，名叫洛翰（Luham），是凶残而要吃人的畜生③。

（此处原写本短缺一页或数页。）

① 雷译作“我不知道这云里的水是不是海里借去的，也不知道这是什么道理”。

② 雷译作“由西向天熊星吹的”。

③ 雷译作“怪物”。

宣诵呼特哈（Hutha）训词

……〔从中国运到巴士拉（Basra）与巴格达（Baghdad）的〕商货很少[①]。〔在阿拉伯境内，〕这商货之输入之所以不能占重要地位者，是因为[②]汉府（Hanfu，即广州）常有火灾〔，往往把预备出口的商货都烧去了〕。汉府城是〔中外〕商船所停集的港口，也是中国商货和阿拉伯商货所荟萃的地方。这地方之所以常有火灾，是因为房子是用〔容易着火的〕木板和劈开的芦苇造的。〔中国商货之所以不能都到阿拉伯，〕还有别种的原因，〔有如〕海船来往时，在半路上沉翻了，〔或者是〕遭到了抢劫了，〔或者是风向不好，〕路上停顿太久，〔做买卖的〕没办法，等不到将货运到目的地阿拉伯，就沿途零碎卖去了。有时候，海船随风漂逐，漂到了也门（Yemen）或别处，〔做买卖的〕就把货物卖去了。又有时候，为了要弥补运输上的损失，或者是为了别种不幸的事实，不得不在（相当的）海港中逗留许多时候〔，货物的来路，也就因此迟滞了〕[③]。

汉府（Hanfu）是买卖人的汇集处，中国皇帝派有回教徒一人，办理〔已得中国皇帝允许而〕前往该处经商的回教徒的诉讼事务[④]。每当节期，就由他领导着大众行祷告礼，宣诵呼特哈（Hutha）训词，并为回教国的苏旦向阿拉求福。伊拉克（Irak）

① 雷译作“少而且贵”。
② 雷译作“其原因之一为”。
③ 雷译作“又有时候，船坏了要停着修补，也就顾不得别种的损失了”。
④ 雷译此处有“这是中国皇帝的好意”句。

第纳尔（Dinar，阿拉伯金币）

的商人，对于他的判断总是服从的，因为他无论做什么事，他心中所挂念的只是真理；他所感悟的，只是《阿拉的书》，与《神力与伟大》与伊斯兰训规。[①]

至于海船所停泊的港口，据说大部分的中国船，都是在西拉夫（Siraf）装了货启程的。所有的货物，都预先从巴士拉（Basra）、阿曼（Oman）和其他各埠运到了西拉夫（Siraf），然后装在中国船里。在此地换船是因为〔波斯海湾里的〕水很深，而其他各处的海水，可并不很深。从巴士拉（Basra）到西拉夫（Siraf），海程有一百二十巴拉桑斯（Parasanges）[②]。海船在西拉夫（Siraf）装好了货，而且装好了淡水以后，就可以"举"了——"举"是海人们所用的一个名词（阿拉伯语作Hatifa），意为开行——由此开至一处，名叫马斯喀特（Maskat，即Mascate），是阿曼（Oman）省的尽端。从西拉夫（Siraf）到马斯喀特（Maskat），大约有二百巴拉桑斯（Parasanges）[③]。

在波斯海湾的东部，西拉夫（Siraf）与马斯喀特（Maskat）的中间，有巴努·萨发克（Banu's-Safak）海岸[④]与伊本·卡旺（Ibn Kawan）岛[⑤]。又有阿曼（Oman）山，也受这一个海的灌溉。

① 雷译作"Irak的商人，对于他的判断从来不反对，因为他照着真理做事，他的决断合于上帝的书，与伊斯兰的训规"。
② 约合三百二十海里。
③ 约合五百三十海里。
④ 雷译作"海港"。
⑤ 雷译作"Kasua的儿子的岛"。

迪尔汗（Dirham，阿拉伯金币）

在这最后一处地方，有一个处所，名叫都尔杜尔（Durdur，意为漩涡）：这是两山之间的一条狭道，只有小海船可以通得过，中国船无法通过。这地方有两个小屿①，一个叫作科萨依（Kusayr），一个叫作奥瓦依（Uwayr），都只在海面上略略露出一点。我们穿过了这两个小屿以后②，就航行到了一个地方，叫作阿曼（Oman）的苏哈尔（Suhar）：接着，我们就到了马斯喀特（Maskat），从该城里的一口井里，取到了淡水。此地有一群阿曼（Oman）的羊③。此地的海船，可以开往西印度，或开向马来亚（Malaya）的故临（Kulam），在风向正常的时候，有一个月的海程。马来亚（Malaya）的故临（Kulam）有一队〔护城的〕兵，而且还有附属于它的地方。在此地的井里，可以取得到淡水。中国的船到了此地，应缴纳过口税④。每一艘中国船，纳一千迪尔汗（Dirham）⑤；其余〔比中国船小〕的船，〔根据其大小，〕纳税自一至十个第纳尔（Dinar）⑥不等。

从马斯喀特（Maskat）经马来亚（Malaya）的故临（Kulam）至哈尔干德（Harkand）〔海，即孟加拉海湾的起端〕，大约有一个月的海程。在马来亚（Malaya）的故临（Kulam）装载了淡水以后，接着就可以"举"到哈尔干德（Harkand）海里去。经过了这个海，就到一处地方，叫作朗迦戌婆鲁斯（Langabalus）岛，

① 雷译作"礁"。
② 雷译作"我们经过了这些山以后"。
③ 雷译作"我们可以在此地买到Oman的羊"。
④ 原文取水句与纳税句倒置，因与下文语句不顺，故略为更改。
⑤ 约合一千法郎。
⑥ 约合二十二至二百二十法郎。

其间居民，既不懂阿拉伯话，也不懂海商们所说的别种话。这是一种不穿衣服的人；他们的皮肤颜色是白的，也没有多少胡子。据说，他们的女人是永远看不见的，因为海船〔到了岸〕，只有男人坐着独木船驶近海船来。他们拿来的是椰子、甘蔗、香蕉及棕榈酒。这末后一种是白色的饮料，要是在棕榈树上刚采下来的时候喝，是润和得像蜜一样的东西；要是放着听任它发一个钟头的酵[①]，它就变成了酒了；到几天之后，可又变成了醋了。岛民拿这些东西来向商人们换铁，有时候也拿出琥珀来交换铁块[②]。交换的时候，大家都得做手势，因为他们不懂外国语。他们的泅水功夫很好。有时候，他们偷了铁就走，也不拿出什么西来交换。

从朗迦戍婆鲁斯（Langabalus）起程，海船向一个名叫箇罗国（Kalah-bar）的地方开行。这地方也可以（单）叫作Bar，是一个王国，再加一条海岸[③]。这箇罗国（Kalah-bar）是爪呱加〔Jawaga，即爪哇（Java）〕帝国〔的一部分〕，位于印度之南。箇罗国与爪呱加（Jawaga）是同一个国王所管治的[④]。两地的居民，都用缠腰布当作衣服，头目及公吏则用独块的缠腰布[⑤]。

〔在箇罗国（Kalah-bar）地方，〕可以从井里取得淡水。海人们大都喜欢喝井水，不喜欢喝泉水或雨水。从位

① 雷译作“要是搁了一点钟”。
② 雷译作“铁器”。
③ 雷译作“bar字的意思是一个王国，加上一条海岸”。
④ 雷译作“Kalah-bar是Zabedj的属地，Zabedj在印度诸省之右；全地服从一个国王”。
⑤ 雷译作“不论大人小孩，都只用一块缠腰布”。

中国女人的头饰及象牙梳子

于哈尔干德（Harkand）〔海〕附近的马来亚（Malaya）的故临（Kulam）到箇罗国（Kalah-bar），大约有一个月的海程。

此后，海船就向一个名叫潮满（Tiynma）〔岛〕的地方开去，其地有淡水可取。〔从箇罗国（Kalah-bar）〕到潮满（Tiynma），是十天的海程。

接着，再有十天的海程，就开到一个地方名叫肯特软（Kundrang）。如果要取淡水，此地也可以取到。这和在西印度各岛上一样，开下井去，就可以得到淡水。肯特软有一座高山，脱逃的奴隶和盗贼，往往躲藏在里面。

接着，再有十天路程，就到一个地方，名叫占婆（Campa，即现在的安南[①]及交趾支那[②]），此地有淡水。出产的是沉香，名目就叫作占婆（Campa）〔沉香〕。其地有一国王。人民的肤色均是棕色，每人有两块缠腰布。从此地取得淡水后，再有十天海程，就到一处名叫贡都尔·夫拉特（Cundur-fulat）的地方，是一个海岛，有淡水。.

从此地再开船，就到一个海，名叫涨海（Canhay，即西支那海[③]）；再往前，就到中国门。这些门都是海面上浮出来的山，每一门是两座山，中间留出一个空档，海船就从空当里通过去。要是阿拉允许[④]，海船就可以平平安安地通过贡都尔·夫拉特（Cundur-fulat）港，那么，再有一个月，就可以到中国了，其中

① 越南的古称。

② 交趾支那位于越南南部、柬埔寨之东南方。

③ 支那海，China Sea的音译，即中国海。

④ 雷译作“要是靠神圣的庇佑”。

用以通过各个门的时间是七天。通过各个门之后，海船就在中国河道[①]的淡水中行走，由此走去，就到了抛锚地方，地名叫作汉府（Hanfu,即广州）。全中国各处，都有大小河道供给淡水；各处都有兵队和整齐的街市。

沿着（中国）海岸的潮流，每一天一夜涨落两次。〔在波斯海湾里，〕在巴士拉（Basra）与巴努·卡旺（Banu Kawan）岛的中间，每天只有月亮在中天的时候潮涨一次，月出及月落的时候都是潮落。从中国的海岸至巴努·卡旺（Banu Kawan）岛，（可适得其反，）月出的时候潮涨，月在中天的时候潮落；月落的时候潮又涨，再到月在中天的时候潮又落。

有人说，在东方的海里，在锡兰（Sirandib）与箇罗（Kalah，即Kra）之间，有一个岛名叫马尔汗（Malhan），是属于印度的[②]，岛上住的是裸体的黑人。

这些黑人的数目很多，所占有的可能只是这一个岛。他们没有国王。

他们吃的是鱼、香蕉、椰子、甘蔗。他们〔岛上〕有些地方像菜园，有些地方像〔我们国里的〕森林[③]。

有人说，海里有一种能够飞出水面的小飞鱼，名叫“水蚱”。又有人说，海里有一种鱼，能飞出海水，直飞到椰子树上。它要吃树里所包藏的液汁，吃饱了再重新回到海里。又有人说，海里

---

① 雷译作“就到了港里”。

② 雷译作“在印度海的东边，Sirandib与Kalah的中间有一个岛，名叫Malhan”。

③ 雷译作“他们住在一种树林样的东西里，也住在芦苇的中间”。

有一种鱼[①]，形状像大虾一样，出水之后，就成了石头，据说这石头可以合制为治某种眼病的药。

有人说，在爪哑加（Jawaga）相近处，有一座山，叫作火山，是不能靠近的。山上白天出烟，晚上冒火。山脚下有一个可饮的冷水泉，和一个可饮的热水泉[②]。

中国人不论大小，不论冬夏，都穿丝绸的衣服。但是，最好的丝绸是留给国王[③]的，余下的大众都可以穿——能穿多好就穿多好。冬天时，男人们可以同时穿上两条、三条、四条、五条的裤子，甚至于还可以更多——穿得起多少就穿多少。这是因为〔当地的〕湿气很重，所以要把下体这样保护，夏天时，他们只穿一件丝绸的，或者是类似于丝绸物的褂子。他们不缠头布。

中国人吃的是米饭，又时常预备了些[④]杂烩（Kusan），〔把汤汁〕浇在饭上〔一块儿〕吃。国王[⑤]吃的是最上等的麦粉制成的面包，以及各式各样的兽类的肉，〔例如〕猪肉及其他。

中国有的果子是苹果、桃子、柠檬、石榴、木瓜、梨、香蕉、甘蔗、瓜、无花果、葡萄、胡瓜（Hiyar，胡瓜之一种）、莲子、核桃、胡桃、榛子、松子仁、李、杏、棠球、椰子。中国不产棕榈树，有时在私家的庭园里，却可以看见。中国人喝的酒，是用米酿成的。他们也用米造醋，又造酒酿，这是一种像糖浆一样的甜食，

① 雷译作“动物”。
② 雷译作“淡冷水泉”“淡热水泉”。
③ 雷译作“王公们”。
④ 雷译作“煮了些”。
⑤ 雷译作“王公们”。

还造别种类似的东西[1]。

中国女人是科头的。她们头发上插着许多梳子，有时象牙梳子可达二十把之多，还要加上别种的饰物。男人戴的帽子，有些像回教徒所戴的一种名叫Kalanswa的帽子[2]。

① 雷译作"他们用米造醋，造Nabyd，造Nathif〔糖酱的一种〕，以及别种同类的东西"。

② 雷译作"男人头上戴着个像帽子一样的东西"。

关于印度、中国及其国王的消息[1]

印度人和中国人，有一个一致的意见，以为世界上〔伟大的〕王有四个，其中第一个，是阿拉伯王〔，即巴格达（Baghdad）的哈里发（Khalife）〕。关于这一点，印度人与中国人的意见完全一致，并无异言：他们都以为阿拉伯王是群王中最伟大、最殷富、最有尊严的一个，在这〔伊斯兰〕大宗教的国王之上，就再没有别的了。中国王处于阿拉伯王之下，居第二位。再下乃是罗马（Rum，即拜占庭Byzance）的王[2]与白勒海拉（Ballahra），即耳朵上穿着孔〔戴环子〕的人民的国王。这白勒海拉（Ballahra）是印度最高贵的一个主治人，印度人都承认这一件事。印度诸王，都是独立的，但大家都承认白勒海拉（Ballahra）的高贵。当白勒海拉（Ballahra）派使臣去见诸王的时候，诸王都恳求使臣回去向他所代表的人表示敬意。白勒海拉（Ballahra）也举行普遍的颁赏，像阿拉伯王一样[3]。他有许多的马和象，和

① 雷译作“观察”。
② 雷译作“罗马王”。
③ 雷译作“他也付军饷给他的兵，像阿拉伯办法一样”。

许多的银子。他的钱币也是一种银币，名叫塔提利（Tatiri），每一枚的重量，等于〔阿拉伯〕王的迪尔汗（Dirham）的一枚半。

白勒海拉的纪年法，是从前一个〔白勒海拉〕的末一年算起的[①]，而〔我们〕阿拉伯人的纪年法，却从〔我们的〕先知——我们向他行礼！[②]——的出亡期算起。印度人就不是这样，他们依据国王纪年，而国王在位的时候，也有很长久的，往往有一个人做了五十年的国王。白勒海拉（Ballahra）的臣民，以为国王若能享国甚久的，必是由于能爱护阿拉伯人的缘故。的确，白勒海拉（Ballahra）爱护阿拉伯人，是任何国王都比不上的，他的臣民也同他一样。

白勒海拉（Ballahra）是国王的称号，等于〔波斯人的〕Kiora〔罗马人的Cèsar〕，并不是私人的名字。白勒海拉（Ballahra）所统治的国，从印度西面的海岸上起，其地有一邦，名叫贡建那（Konkan）[③]，相与交界；〔东〕向〔亚洲〕大陆〔内地〕延伸，直至与中国为界。白勒海拉（Ballahra）国境的四周有许多国王，白勒海拉（Ballahra）常和他们打仗，但总是他打得胜仗。在〔敌〕王里，有一个王名叫瞿折罗（Gujra）王，他有很多的兵，印度诸王所有的骑兵，都不能和他相比。这瞿折罗（Gujra）王是阿拉伯人的敌人，但他也承认阿拉伯王是群王中最伟大的一个。印度诸王都不像他那样痛恨伊斯兰。他〔所管

① 雷译作“是从即位的一年算起的”。
② 雷译作“愿和平在其身！”
③ 梵文Konkana，玄奘译为贡建那，为印度西部沿海地区。

辖〕的是一个狭长半岛。他有许多财物，许多骆驼，许多家畜[①]。〔国中〕贸易用金锭[②]，据说，国中有金矿[③]。其国善防盗贼，为印度境内其他诸国之所不及。

瞿折罗（Gujra）王之旁有一个塔卡（Takan）王，其国甚小。国中妇女肤色洁白，在印度境内，算是最美的美人。国王不喜打仗，因为他的兵不多。他对于阿拉伯人，也和白勒海拉（Ballahra）一样的爱护。

在前文所述诸国的邻境之内有一个王，名叫拉马（Rahma，即Pégou）王[④]，是瞿折罗（Gujra）王的敌人。这个国王的出身并不高贵[⑤]，他也同白勒海拉（Ballahra）打仗，像同瞿折罗（Gujra）王打仗一样。他的军队比白勒海拉（Ballahra）王、瞿折罗（Gujra）王和〔塔卡（Takan）〕王三人的都强，据说，他出去打仗的时候，所带的象几乎有五万头之多。他只在冬季（雨季）打仗：因为要叫象不喝水是做不到的，所以冬季以外的时间就不能用了。据说，这拉马（Rahma）王的军营里，洗[⑥]被服的人有十万至十五万头之多。这一个国里所出产的衣服，是无论什么地方都比不上的。一件衣服，可以放在一个指环[⑦]中间拉得过去，因为〔布质〕精细到了万分。这种布由棉花织成，我们看见过一块样布。

---

① 雷译作“许多马”。
② 雷译作“银（及金）粉”。
③ 雷译作“有这些金类的矿”。
④ 雷译作“与此三国相连，有一国王，名叫Rahnry”。
⑤ 雷译作“他有福不享”。
⑥ 雷译作“压洗”。
⑦ 雷译作“印纽”。

中国铜币

这一个国里的小贝是很宝贵的。土人们把它当钱用，以贝的多少定财富的多少[①]。国中所产的是[②]金、银与沉香，还有一种织物〔在梵语中〕叫作察马拉（Camara），〔是用西藏的一种水牛毛做成的，〕可用作驱逐苍蝇的器具。国中有一种有花斑的〔动物，叫作〕布禅（Busan），实际上就是犀牛[③]。〔这一种的犀牛，〕额上只有一只角，角里面有天生的花纹，像是一个人的形象。角是全黑的，里面的人像却是白的。犀牛比象小，色淡黑，形似水牛，力大无匹，前后脚的膝上都没有关节，脚掌是软的，〔没有骨头而有软皮做成的蹄子。〕[④]它能吓得象逃走，能和牛与骆驼一样反刍。它的肉不为回教徒所禁忌，我们曾经吃过。它住在荆棘丛生之地，在此国甚为普遍[⑤]。在印度别处，也有出产犀牛的，但以拉马（Rahma）的犀牛角为最美；角中花纹，有时作人像，也有时作孔雀像，作鱼像，或作他物像。中国人取犀牛角制为腰带上的装饰品；在中国，一条腰带的价值，可达二三千第纳尔（Dinar），或者还更多：即以角中花纹之好坏，定价值之高低。在拉马（即Pégou），要买犀牛角，应以小贝付价，因为这是当地的钱。

过拉马之后，就到一国，位置在内地，周围都受不到海水的灌溉，名叫拉克希米普罗（Laksmipura）王国[⑥]。国人色白，

① 雷译作“土人交易用小贝，贝是他们的钱，是他们的财富”。
② 雷译作“但国中亦产”。
③ 雷译作“又名为克尔克丹（Kerkedenn）”。
④ 雷译作“从脚尖到脚跟只是一块肉”。
⑤ 雷译作“它住在森林中，在此国甚多”。
⑥ 即阿撒姆（Assam）的拉克希米（Laksmi）女神之城。

耳上穿孔，以美著称，当中有一部分以游牧为生，其余都住在山中①。

过拉克希米普罗国之后，有一个受海灌溉着的王国，名叫吉兰尼（Kiranj）。国王贫而善夸，有象队以卫国。〔沿海〕产琥珀极多。国人采取胡椒，即就新鲜时吮吸其汁，因为产量极少②。

过了这吉兰尼王国，又有许许多多的王国，它们的数目，只有阿拉③——我们应当感谢而且颂扬他！——能够知道。我们且说其中的一国名叫牟查（Muja）。国人的皮色是白的，穿的衣服同中国人一样。国中产麝香甚多。有白色的山（雪山？），是地面上最高的山④。牟查人常与四周无数的王〔国的人〕打仗，但其国所产的麝香，质量是最好的⑤。

过牟查王国之后，就到达马巴得（Mabad）的王国，其国有城甚多。这一国与牟查国为界，而人口较为繁盛，其国人民也比牟查人更像中国人。国中各省的统治人，也和中国一样，是用太监充任的⑥。这马巴得是中国的交界国，国王与中国王以和平相见，但并不臣服于他。每一年内，马巴得王派遣使臣致送礼物于中国王，中国王亦以礼物还赠马巴得王。马巴得是个大国⑦，当其派遣使臣到中国时，中国人必很用心防卫，因为每次派使，随

① 雷译作“他们住在田野中和山中”。

② 雷译作“国王贫而善傲，藏琥珀甚多，亦藏象牙。国人采取青胡椒生食之，为其所生量少也”。

③ 雷译作“上帝”。

④ 雷译作“全国为白山所绕，其长无比”。

⑤ 雷译作“力量甚强”。

⑥ 雷译作“国中以中国为模范，最高权位，均为太监占据”。

⑦ 雷译此句属上，作“因为马巴得是个大国”。

从的人很多，中国人唯恐他们要借此侵占地方[1]。马巴得与中国之间，只有些山，和一些凹凸不平的地面[2]。

据说，中国境内共有二百多个大城[3]。每一个大城，由一个〔封建式的〕王和一个太监统治着[4]。其余的小城，都归这些大城管辖[5]。大城中有一个叫作汉府（Hanfu，即广州），即是海船停泊的地方，附属于它的小城共有二十个。所谓"城"，是专指能拥有查丹（Jadam）的都会而言。查丹是喇叭的一种，用口吹的。体长，有两手相握一样粗[6]。上面涂的东西，和涂在中国瓷器上的东西是一样的质料[7]。长约三四吋（即英寸），嘴细[8]，吹时可以纳入口中。其音量约可远达一里。每一个城有四个门，每一个门有五个查丹，每天每夜，都按着一定的时间吹。每一个城还有十个鼓，吹查丹时，就同时打鼓。这样吹打，是对国王表示敬礼的意思，而且百姓们还可以借此知道白天和晚上的时刻。此外，他们还有日晷和利〔用〕重量原理〔做成的器具〕，作为计时之用。

在中国，商货的价值，是用福卢司（Fulus，铜币）计算的。中国的国库，也和别国国王的库一样，只是别国国王，都不像

① 雷译作"要反客为主"。
② 雷译作"只有些山和山路"。
③ 雷译作"据说，中国王计算他国境之内，共有二百多个都会"。
④ 雷译作"每一个都会有一个王，名叫马雷克（Malek），和一个太监管治着"。
⑤ 雷译此句属上，作"此外还有许多附庸的城也归他们管"。
⑥ 雷译作"查丹体长而厚，能容两手同时伸入"。
⑦ 雷译"中国瓷器"作"运到我国来的中国物件"。
⑧ 雷译作"头细"。

中国王一样收藏福卢司罢了，这种铜币是中国的国币[①]。中国有金，有银，有精圆的珍珠，有生丝和熟丝的织物，而且产量都很丰富[②]。可是，〔这些东西〕都当作商货算，只有福卢司是钱币。

从外国输入中国的东西，有象牙，有香料，有铜锭，有海龟壳（即玳瑁），有布禅，就是前文说过的犀牛[③]，中国人采取其角，作为带〔饰〕。

中国有许多可以做坐骑的畜类，没有阿拉伯马，却有另一种的马。有驴与骆驼甚多，骆驼都是双峰的。

中国有一种品质很高的陶土，把它做成碗（或杯），可以做得和瓶子的玻璃一样薄[④]，里面如果放了流质[⑤]，外面可以看得见。

商船从海外到了中国，就有〔管理海口的〕人[⑥]来把所有的商货悉数抄去，由他代为闭锁在栈房里[⑦]。在六个月之内，他们担负完全责任，把东西保护得很好[⑧]，直到〔乘着同一季风而来的〕最后一条船进了港口为止。于是就各物中抽取〔原物的〕百分之三十，作为入口税，余下的交还物主。货物之为中国国王[⑨]所买者，都照最高的行市给价，而且立刻开发现钱。中国国

① 雷译此句属上，作“因为这是中国的国币”。
② 雷译作“这并不是中国没有金，没有银，没有珍珠，没有生丝和熟丝，恰恰相反，这些东西都是很丰富的”。
③ 雷译作“克尔克丹”。
④ 雷译作“把它做成陶器，可以和玻璃一样透明”。
⑤ 雷译作“水”。
⑥ 雷译作“政府的委派人”。
⑦ 雷译作“相当的屋子里”。
⑧ 雷译无此二句。
⑨ 雷译作“苏旦”。

王对于商人们，是从来不会错待的[①]。在许多进口货中，中国国王所买的，最重要的是樟脑，每一曼（Mann），给价五十法古其（Fakkuj），每一法古其就是一千个福卢司。国王买剩下来的樟脑，就只能卖一半的价[②]。

中国人死了，要到次年或三年以后的周年忌日才落葬。死人的遗体，用木头做的棺材装着，停放在家里。〔装殓时〕死人身上用石灰掩护，取其能吸收水分，而使尸体不烂[③]。国王的尸体，〔却不用石灰而〕用索各多拉（Socotora）的沉香和樟脑[④]。中国人死了，亲属们要示哀三年，如果有人不遵守，就要受到棒打的刑——不论男女，都受这同样的刑——而且人家要向他说："难道你的亲属死了你不痛苦吗？"落葬时，把死人埋在地洞里，也和阿拉伯人一样。中国人不夺去死人的食品[⑤]，他们以为死人还照常地能吃能喝，所以每天晚上，他们把食品放在死人之前，到明天早晨不见了，就说被死人吃掉了[⑥]。当死人停放在家里的时候，他们不住地哭，不住地供献食物。中国人为了〔要举行隆重的丧礼〕，往往用完了所有的钱，〔变卖了〕所有的产业，直把家里闹得穷了，毁了。从前中国国王落葬的时候，应把国王生前所用的什物、衣服、腰带，一起埋在坟里，而在中国，腰带饰物的价值是非常贵重的——可是现在，这风气已经改变了，

① 雷译作"在这上面，他是从没有一点不公平之处的"。
② 雷译作"就只能放在普通市面上卖一半的价"。
③ 雷译作"取其能将含水的部分吸去，而将其余的部分保留"。
④ 雷译无"索各多拉的"字。
⑤ 雷译此句前有"直到那时"句。
⑥ 雷译作"他们就自己向自己说：他吃了"。

因为有一次，有人挖开了坟，把所有陪葬的东西都偷了去。

所有的中国人，不论穷的、富的、老的、幼的，都学习写字读书[①]。

中国地方官[②]的名目，随其品级[③]及所管城市之大小而定。小城里的主管人，名叫都商（Tusang），就是"管治一城"的意思。像汉府（即广州）一样的大城的主管人，名叫提府（Difu）；太监名叫Tukam（太监）；中国的太监有一部分是本国人[④]。大法官名叫拉克西曼公（Laksimankun，即唐代地方监察官）。此外还有许许多多的官名，〔因为记不大清，〕恐怕写错，就不写了。中国人不满四十岁，不能做主管地方的官。据说，必须到了这个年纪，他的阅历才配做这样的官。

次级地方主管官裁判讼事的时候，坐在大堂上的一张大椅子[⑤]上。他面前（另）有一张大桌子[⑥]，告状人的状词，都写在纸上，递给主管官看。主管官的后面，还站着一个人，名叫吏胡（Lihu）。要是主管官裁判错了，这吏胡就〔把他的错处指出，〕叫他改正。告状人口中说的话，是不作为凭证的。他应当把他所要陈诉的话，一起写在状纸上。在告状人见到裁判官之前，法庭门口先有一个人把他的状纸诵读；要是这状纸作得不合适，他

① 雷译作"作画写字"。
② 雷译作"官吏"。
③ 雷译作"职位之高低"。
④ 雷译作"中国的太监是本国人"。
⑤ 雷译作"一个宝座"。
⑥ 雷译作"另有一个座"。

就立时退回给告状人，叫他修正[①]。这种状纸，应由懂得法律的书吏代作了，才可以递给裁判官。书吏在状纸上[②]，应当写明："这（状纸）是某人的儿子某人所作。"要是作得不合适，那就是书吏的错，应当受棒打的刑。裁判官在审事之前，必须吃饱喝足，以免审错[③]。〔因为一个人在饥渴的时候，总不免要有错误。〕裁判官的薪俸，即由所管地方官库中支给。

中国的皇帝，每过十个月出来和百姓们见一次面。他说："要是百姓们不能〔常常〕看见我，他们就要不管我的账了[④]。国家的威权，非用专制手段不能维持[⑤]，因为老百姓是不懂得什么公道正义的。所以，我们必须用专制手段对付他们，然后我们才可以受到他们的崇敬[⑥]。"

中国不收土地税，只收男人的丁口税，数目的多少，以各人的贫富为标准。阿拉伯人及他种外国人，则依商货之多少而纳一种特别的税，同时即得享有商货被保护的权利。

在〔食〕物昂贵的时候，国王[⑦]吩咐把国仓[⑧]里的粮食发出，以廉价出卖，这样食物的高价就不能持久了。

王库[⑨]里的钱，纯出于丁口税一项。便就汉府的库里来说，

① 雷译无此句。
② 雷译作"在状纸的下端"。
③ 雷译作"俾在案情上得以多多注意"。
④ 雷译作"他们就要想念不着我了"。
⑤ 雷译作"政府的格式应当是专制的"。
⑥ 雷译作"只有威权可以教他们敬重我们"。
⑦ 雷译作"苏旦"。
⑧ 雷译作"公仓"。
⑨ 雷译作"公库"。

我相信每天所收入的，已有五万第纳尔（Dinar），而汉府还并不是中国最大的城。在中国所出产的多量的货物之中，国王所专利的，是盐，是干草，可以用热水〔泡了〕喝的[①]。无论在哪一个城里，都有人出卖这一种草的干叶，而且数量极多。这种草的名目叫作茶（Sah），它的叶子比苜蓿多些，也〔比苜蓿〕略略香一点，不过味道是苦的。〔做茶的方法〕是〔先〕把水煮开了，〔然后〕浇在这草上。要是有什么小小的不舒服，喝了这种冲泡剂就可以治好[②]。

王库[③]里的钱，即从征收丁口税及〔卖〕盐与〔卖〕这一种草[④]得来。

每一个城里，都有一样东西，名叫达拉（Dara）。这是悬挂在地方官头上的一个钟，〔钟上〕系着一条绳，直通到外面街上，使无论什么人〔都能够拉着〕，借以和地方官沟通〔消息〕。这条绳大约有一个巴拉桑斯（约合一米）长，只需稍稍一拉，钟就会动起来〔响起来〕。凡有受到屈害的人，都可以拉动这条绳，使钟在地方官头上动〔而且响〕。这样，就有人把他叫进去，使他在地方官面前陈诉案情[⑤]和所受到的屈害。这样的一个办法，是中国各处通行的。

凡有人要从这一处到别一处去旅行的，应得呈验两封信[⑥]，

① 雷译作“在矿物中，国王抽盐税，又抽取一种可以用热水泡了喝的植物的税”。
② 雷译作“这种饮料在无论何种状况之下都是有用的”。
③ 雷译作“公库”。
④ 雷译作“盐税”与“这一种草的税”。
⑤ 雷译作“陈诉他所要求的”。
⑥ 雷译作“两件公文”，下同。

一封是地方官给的，一封是〔本地的〕太监给的。地方官的信〔是护照一类的东西〕，上面写明所经过的道路，及持信人的姓名，其同伴人[①]，持信人年岁，其同伴人的年岁，并其所属的部族名。凡是在中国旅行的人，无论是中国人，是阿拉伯人，或者是别种的外国人，都应当有一份证明[②]。至于太监所给的一封信，却证明旅行人所带银钱或商货的多少。在路上，每到一站，便有站兵[③]来检查这两封信，检查之后，即〔在信上〕批明："某年，某月，某日，某国某人之子某人到此[④]，携某物，同伴者某某人[⑤]。"〔之所以要这种手续，〕[⑥]是预防旅行人在路上丢失银钱或商货。要是有什么人丢失了东西，或者是死了，人们就可以查明了他的东西是如何丢失的，仍旧发还给他；如果他死了，就还给他的继承人。

中国人在商业上和公事上[⑦]，都讲公道。譬如有人把银子借给另一个人，应由他写一张票子；借户也写一张票子。票子上应由借户把中指和食指并列着打一个印，〔作为花押。〕于是把两张票子放在一起，一同卷起来[⑧]，在两纸相接之处写〔几个字〕[⑨]。然后分开两纸，〔各执一张：〕借户承认欠债的一张，即

---

① 雷译作"随从人"，下同。
② 雷译作"都应当有一件文书，可以使人家知道他是怎样的人"。
③ 雷译作"在路上有专司其事的人"。
④ 雷译作"某人之子某人过此，执某业"。
⑤ 雷译无"同伴者某某人"句。
⑥ 雷译作"政府所以要这样办理"。
⑦ 雷译作"契约上和讼事上"。
⑧ 雷译"卷"作"叠"。
⑨ 雷译"相接"作"相分"。

由借主收执。要是到了后来，借户要想赖债，人们就可以向他说："你把〔借主给〕你的票子拿出来看。"要是这借户假说他并没有〔借主的〕票子，又说他也并没有写票子给债主，而债主所持的一张票子却又遗失了。那么，人们就要向他说："你应当写下一张凭据，宣布你并没有借这一笔债。若然到了后来，债主能把你借债的票子找出，那就要在你背脊上打二十大杖，还要叫你拿出两万'发规'(**Fakkuj**)的罚款来。"每一"发规"等于一千个铜钱，两万"发规"就值两千第纳尔光景。至于背脊上打二十大杖，却往往是可以把人打死的。所以，中国人谁都不敢写下这样的凭据，因为恐怕要破财，还要丧命。中国人彼此相待，都很有公道。所以，在中国，从没有受到冤屈的人。〔打官司的时候，也不像回教国一样：〕用不着证人，也用不着立誓。

要是有什么人破了产，债主们就把他送到国王[①]的牢狱里去，使他承认他所负的债；所有的费用，由债主担任。到一个月之后，国王叫人把他牵到外面去，叫他当众宣布："某人的儿子某人，现在破产了，〔浪费了〕[②]某人的儿子某人的钱。"〔要是有人查出〕这破产之人还有钱寄存在别人家里，或者是还有不动产[③]或奴隶，或者是无论还有什么可以抵债的东西，人们就要每月把他〔从牢狱中〕牵出一次，用鞭子[④]打他的臀，因为他还有〔值〕钱〔的东西〕，而在牢狱中〔所〕吃〔所〕喝，〔却是债

---

① 雷译作"苏旦"。下同。

② 雷译作"使用了"。

③ 雷译作"田地"。

④ 雷译作"棒"。下同。

主花的钱。〕无论人们能不能证明是他的钱[①]，他总得受鞭打：无论是这样，或是那样，他总得受鞭打。人们〔一面惩责他，一面〕向他说："你没有做别的事，只是拿了别人的钱浪费了[②]。"又向他说："把〔你所借的〕钱还给他们罢。"要是这破产之人真的已还不起他的债，而且国王也已断定他实在已经什么都没有了，人们就召集了各债主，把巴克布尔（Baghbur）的库里的钱偿还给他们——这巴克布尔就是皇帝，〔波斯人用〕这样的一个名目，意思是"天的儿子"，我们阿拉伯语中，则称为马克布尔（Maghbur）——于是发出这样的一个布告："从今以后，如有人和这个〔破产的〕人往来的，处死刑。"这样，就再没有人〔愿意和他往来，以至于〕损失银钱了。要是后来再有人发现这债务之人仍旧有钱私藏在别人家里，而代他私藏的人却并没有自行告发，此人〔一旦被发觉〕，便应打死于杖下。至于债务人，却没有什么处分，只是要他把钱取来，分还给债主们；可是从此以后，他不能再和人们有什么商业上的往来了。

中国有许多石碑，高十时，上面刻着些阴文的文字。这是讲疾病和医法的[③]，例如某种疾病，该用某种医法之类。穷苦的人〔没有钱医病〕，医药费得从王库[④]中支给。

中国没有不动产税[⑤]，只有人口税，以其人之动产或不动

① 雷译作"无论有没有人告发他"。
② 雷译作"你只是想法子去侵夺别人的钱财，从而据为己有罢了"。
③ 雷译作"这是一张讲疾病和医法的表"。
④ 雷译作"公库"。
⑤ 雷译作"地土税"。

产[1]之多少为标准。

人们生了个男孩，就得把他的名字送皇帝处去注册。到了十八岁，他就得缴纳人口税；到了八十岁就不用再交税了，而且可以向王库中支领〔一份养老金〕。在这一件事上，中国人说："当他年轻的时候，我们叫他交完了税；现在他老了，应该付养老金给他〔，才合于正义〕。"

在每一个城里有一个学校和一个老师，教育苦人和苦人的儿女们，这苦人和苦人的儿女们的食物，是由国家供给的[2]。中国女人是科头的，男人是戴帽子的。

在山中[3]有一个村[4]，名叫大有（Tayu），其民身材矮小。凡是身材矮小的中国人，〔大家都认为〕是从这个村里来的。〔就一般而论，〕中国人都生长得很好：高高的身材，白白的肤色，带着一些红色。他们有世界上最黑的头发。女人的头发，是任其往下披垂的[5]。

在印度，要是有什么人被判决了死罪而要提起申诉，人们就得向原告问："你愿不愿将你的被告做火的试验？"要是他说"可以"，人们就把一块铁[6]，放在火里烧。到烧得全红了，就向被告说："拿出你的手来！"于是用该国〔所出产的一种〕树的

① 雷译作"财物或产业"。
② 雷译作"在每一个城里，总有许多书吏和老师；他们教育苦人和苦人的儿女们，费由公库支出"。
③ 雷译作"在群山中"。
④ 雷译作"村镇"。
⑤ 雷译作"女人的头发，是任其生长的"。自注谓阿拉伯女子剪发，故以华女长发为异也。
⑥ 雷译作"一根铁条"。下同。

叶子，在被告的手上铺了七层，接着就把〔烧红的〕铁块放上。被告〔就捧着铁块〕来来往往地[1]跑；〔跑满了一定的时间，〕然后把铁块抛去。同时有人拿一个皮袋来，把他两手纳入袋中，袋口用国王的印封志着。到三天之后，〔解出他的手来，〕用没有磨去壳的稻粒放在他手心上，向他说："〔用手〕磨〔去稻壳，磨出米粒来〕。"要是他手上没有〔受伤的〕痕迹，这件案子就算断定：他可以脱离关系，不必受死罪了[2]。而原告却须拿出一"曼"(Mann)的黄金来，作为罚款，交给国王使用。有时候，用一铁锅或一铜锅[3]的水烧滚了，直烧到〔热得〕谁也不敢走近的时候，拿一个铁环投在水里，然后向被告说："伸出你的手！"〔被告必须要从滚水里〕掏出那一个铁环来，〔而且不受伤，才能宣告无罪。〕我曾看见有人伸手〔到滚水里去〕掏出铁环而不受伤，结果是原告受罚，〔依照用铁块试验的例子，〕拿出黄金一"曼"。

锡兰的国王死了的时候，人们把他的尸首放在一辆〔低矮的〕灵车上，同地面相离得很近；尸首是捆绑在灵车的后半截上面，〔两脚斜翘在空中，〕背脊与车身相接触，〔尸面向后仰视，〕使尸发垂于地上的尘土中[4]。同时有一个女人，手里握着一把笤帚，不住地把地上的尘土向死人的头上[5]扫去，且向四面

① 雷译作"前前后后的"。
② 雷译作"要是他手上没有受伤的痕迹，他的死罪就可以赦免"。
③ 雷译作"锡锅"。
④ 雷译作"尸体绑在灵车的后部，头倒垂至地，使其发能吸聚尘土"。
⑤ 雷译作"面上"。

围绕着的人说："噢！你们啊！[①]这一个人，昨天是你们的王；他管理你们，他的命令是绝对的[②]。现在他脱离了你们所看见这世界上的繁荣了[③]。死神已经取去了他的魂了。从今以后，别再为着这人生〔的快乐〕，让你们自己陷落在诱惑之中了！"她把这样的话接连说了三天[④]。于是有人预备了〔一大堆柴，加上〕些檀香、樟脑、郁金香，就把尸首放在中间烧化，把烧剩的灰掷向风中吹散。印度的死人都是用火烧化的。

锡兰在印度所属诸岛中地处最南[⑤]。有时，人们把国王的尸首烧化，国王的妻妾们也跳入火中去陪着他一同烧死了；但是她们也可以不做这样的事[⑥]。

在印度，有许多人专在深山中或树林中游逛过活，不和一般人有什么来往。他们时常所吃的是野草和野果[⑦]。他们在棒子头上套一个铁环，借以禁绝一切男女间的性关系[⑧]。他们也有裸体的，也有永远站着，把面孔对住了太阳的，身体也是裸着的，只是用一些豹皮〔遮掩着〕。〔在某一处所，〕我曾经看见过这样的一个人，后来我就离开了他，走我的路了。过了十六年，〔我经过原地，〕看见那位苦行人[⑨]还仍旧是当初那副样子。我真有点

① 雷译作"哦！人们啊！"
② 雷译作"他的命令是由你们执行的"。
③ 雷译作"瞧，他现在脱离了你们，向这世界告别了"。
④ 雷译作"她接着还说许多类似的话。这种礼节要举行三天"。
⑤ 雷译作"最前"。
⑥ 雷译作"但是，这是听凭她们的，她们尽可以不这样"。
⑦ 雷译作"他们所吃的只是野田里的草，和树上的果子"。
⑧ 雷译作"这样要和女人交际，就是不可能的了"。
⑨ 雷译作"那人"。

佛　像

奇怪，为什么他的眼睛没有被太阳的热力毁坏了[①]。

在每一个王国之内，所有的王族都联合起来组织了一个单独的家庭，这家庭永远掌握王权，继承王位的王子，也归它决定[②]。书吏和医生，也自成为特别阶级；不在这阶级之内的，谁也不能干这种行业。

印度诸王，都不〔必〕服从一个更尊之王，因为他们在自己国里，个个都是唯一的主人[③]。〔可是，〕白勒海拉 (Ballahra)〔能用〕印度"王中王"的徽号。至于在中国，继承王位的王子并不是预先决定的。

中国人是喜欢享乐的人[④]，印度人却摈斥享乐，他们不把自己交付在享乐上面。他们不喝酒，也不用酒醋；他们不用酒醋并不是因为宗教上的禁忌，只是不爱吃罢了。他们以为凡是喝酒的王，都不是真正的王。印度人的四周，都被和他们打仗的王围着[⑤]，所以他们又说："喝醉了的国王，哪里能把国家的政事办得好呢？"

有时候，印度人以吞并为目的[⑥]而互相打仗；但是这不是常有的事。在与胡萩邦〔即马拉巴尔 (Malabar)〕相接的土地之外，

① 雷译作"为什么他的身体没有被热力熔化了"。
② 雷译作"在每一个王国之内所有的贵族都认为，只能组织一个单独而且同一的家庭；威权不旁落至家庭之外，各王子都能自己决定他的继位的人"。
③ 雷译作"印度诸王并不承认他们之上还有一个大一统的王的威权，他们各做本国的主人"。
④ 雷译作"中国人是爱快乐的人"。下同。
⑤ 雷译作"都被敌人围着，常和他们打仗"。
⑥ 雷译作"本于吞并的精神"。

印度大象及男童

印度人的服饰

我从没有听说过此一王国征服了彼一王国的[①]。若然某一王国征服了别一王国[②]，他应从被征服国的皇族中，指定一个人，秉承了他的意志，替他办理征服地的政事。要不是这样，被征服国的人民对于这新国家是不能满意的。

在中国，有时地方长官要脱离皇帝的权威。这样，他就该被杀死。

在印度与中国，若有人要结婚，〔男女两家〕应得先互相声明表示敬意，其次是互相送礼。婚礼是在铙与鼓的声音中举行的。所送的礼是银子，多少视家之有无。男女犯奸淫罪者，两人一同处死[③]。这是全印度的〔法律〕[④]。但若由于男子之强迫，则将男子处死。如出于女子之自愿，则男女一同处死[⑤]。

在中国和印度[⑥]，小的窃案和重要的窃案，是同样地处以死刑。

中国房屋的墙壁是用木头做的；印度人造〔屋〕，则用石头、石灰、砖头、粘土等。有时候中国也造这样的屋。

在回教国，一个正当的女人或是一个奴隶怀了孕，她就只能嫁给她所怀的小孩的父亲，而且要在分娩以后。这叫作非拉熙（Firas）。在中国和印度，就无所谓非拉熙。中国或印度的

---

① 雷译作“我从没有看见此一王国被彼一王国的威权所征服。若然不在与胡菽邦相接的地域之内”。

② 雷译作“邻国”。

③ 雷译作“已嫁之妇犯奸淫罪者，奸夫奸妇一同处死”。

④ 雷译作“印度各省无不如此”。

⑤ 雷译作“如其为和奸，则男女一同处死”。

⑥ 雷译作“在印度，也和在中国一样”。

中国人的服饰（男）

男人，可以娶任何女人为妻〔，即使她已怀了别人的小孩，也不要紧〕。

印度人吃米，中国人吃米和小麦。印度人不吃小麦。中国人和印度人，都不行割礼。

中国人崇拜偶像，他们向偶像祈求，〔像我们祈求阿拉一样；〕他们在偶像面前读祷告文。他们有宗教的书籍。

印度人都把胡子留长。我往往看见有许多印度人的胡子，有三肘长。他们也不〔像回教徒一样，〕把嘴唇上的小胡子剃去。大部分的中国人，都没有长胡子；而且他们中的大部分，都是天生如此的。印度人死了，应把头发和胡子都剃去。

在印度，如果有人进了监狱或受了监视[①]，应得断绝饮食七天。印度人能自由互相监视。

在中国，有一种〔特别〕法官，判断中国人之间的〔各种〕事项。这种特别裁判和地方官〔的裁判〕是并行的[②]。在印度也是这样。

全中国都有豹与狼，至于狮子，中国和印度都没有。

大道上的贼，都被处以死刑。

中国人和印度人，都以为庙里的偶像能向他们说话，其实，只是庙里的住持向他们说话罢了。

在中国和印度，凡是人所要吃的动物，都是杀死的；但是，他们不〔像回教徒一样〕把动物的喉管切断〔使血液流出〕，而

① 雷译作“受了拘留”。下同。

② 雷译作“在中国有一种法官判断个人之间的种种事，比地方官好些”。

是用力在动物头上打，直到打死。

印度人〔用牙杖〕剔牙。在印度，绝没有人不剔牙不洗身就吃饭的。中国人没有这习惯。

印度的地面比中国大①，它的面积比中国的面积大一倍②。国里的王的数目比中国多③，可是中国的人口④比印度多。

中国与印度都没有棕榈树，但有别种可以采取果子的树⑤，是我们国里所没有的。印度没有葡萄，中国稍稍地有一点。印度与中国所出产的别种果子甚多。印度的石榴甚多⑥。

中国人没有宗教⑦。他们在宗教（佛教）上的实践⑧，起源于印度；他们相信把〔佛的〕偶像运送给他们的是印度人，所以印度人是他们宗教的教育者⑨。在中国与印度，大家都相信轮回说。但中国人与印度人在这同一宗教原则上，颇有派别之不同⑩。

在印度，有人研究医学与哲学。中国人也研究医学；他们的主要诊治法是灸灼。

中国人研究天文学，但印度人研究得更精。

我们从没有看见什么中国人或印度人是信回教的，或者能

---

① 原文如此。
② 雷译作“它的省份比中国的省份多一倍”。
③ 雷译“王”作“王公们的国”。
④ 雷译作“中国各省的人口”。
⑤ 雷译作“但有别种树和果子”。
⑥ 雷译作“尤其多”。
⑦ 雷译作“没有真正的科学”。
⑧ 雷译作“他们的宗教的原则”。
⑨ 雷译作“宗教上的真正的老师”。
⑩ 雷译作“但在各种原则上，颇有派别之不同”。

说阿拉伯语的。

印度的马很少，中国多一点。中国没有象；中国人不让象入国，以为这是一种不祥的东西[①]。

印度王的兵队很多，但这种兵队是没有给养的[②]。只是到了神圣战争的时候，国王才把他们召集起来；他们应命而来，都各自设法张罗给养费，国王一切不问。中国的兵队是有军饷的，像阿拉伯的兵队一样。

中国是一个〔比印度〕更美更漂亮的国家[③]。印度的大部分地方都没有城市，〔所以全国很荒凉。〕中国正相反，各处都有把守得很好的大城池。中国的气候〔比印度〕好，疾病也〔比印度〕少。空气洁净得几乎使我们看不见瞎子，或独眼人，或畸形人。这一类的疾病，在印度是很多的[④]。

在中国与印度，各处都有大河，比我们国里的河大得许多[⑤]。这两国之内，各处都有多量的雨。

印度有许多荒地，中国却是全国都有人居住，都在开垦。中国人比印度人生得美。中国人的衣服和坐骑〔比印度人的〕更与阿拉伯人的相近。中国人穿了礼服摆了仪仗[⑥]，和阿拉伯人很相像；他们穿阿拉伯人所称为加巴（Kaba）的衣服，而且用带子。印度人用两块缠布当衣服；男人和女人，都用金手环和宝石做

① 雷译作“因为看见这种动物是一件不祥的事”。
② 雷译“给养”作“军饷”。
③ 雷译作“中国各省，（比印度各省）更有画意，更美”。
④ 雷译作“在印度，也大多是如此”。
⑤ 雷译作“河里的水比我们国里的多得多”。
⑥ 雷译作“穿了礼服参与公家典礼”。

装饰。

中国之外，有托古司欧古司人（Toguz-Oguz）的邦，这都是土耳其人；还有西藏的哈干（Hakan），这是中国〔西北方〕和土耳其交界之处的地方。至于（东部）靠海的一面，则以西拉（Sila）诸岛（即高丽半岛）为界，这〔西拉诸岛〕里的人民的肤色是白色的；他们和中国皇帝交换礼物〔就是两国间保守和平的意思〕。他们相信：要是不和中国皇帝交换礼物，他们国里就会不下雨①。阿拉伯人没有到这些国里去过，所以也没有人把他们的消息告诉我们。〔我们只知道〕那里有白色的鹰。

（以下是另一人的手笔，添写在原写本的后面的。）

第一卷终。穷苦人穆罕默德（Muhammad），在回历一千〇十一年（公历一千六百〇二年），细心诵读此书。

愿阿拉佑其终，及其终以后，阿门！

哦！阿拉，恕此书作者之罪，恕其父，恕其母，恕众回教人！

① 雷译作“他们和中国皇帝保守和平；他们以为，要是不把礼物送给中国皇帝，天就不洒水在他们的地上了”。

第二卷

(哈桑补著——公元九一六年)

关于中国和印度的消息

阿蒲·赛特·阿尔·哈桑（Abu Zayd Al Hasan），是西拉夫（Siraf）地方人，他这样说：

我细心读过了这一部书，那是说，这部书的第一卷；我是被认为的仔细查考而且增补这部书〔的人〕，凡是我所知道的[①]关于同一题目的事，有如海里的事情，以及海国诸王，和海岸上的种种特别情形[②]。诸凡我所知道，而为原书所没有的〔都得增补进去〕。

我断定第一卷书是在回历二三七年（公历八五一年）所写。在那一时期之中，常有许多伊拉克（Irak）的商人，〔从波斯海湾〕取海道向〔中国和印度〕两国去[③]。所以，我断定第一卷书中所说的一切，都是真实不虚的；只有关于中国人把食物供献给

① 雷译作"凡是我从书本中所看到的"。

② 雷译作"有如航海中的意外的事情，以及海国诸王，并其他种种特别情形"。

③ 雷译作"在那一时期之中，海里的种种事情是大家都知道的，因为有多数的伊拉克的商人，常取海道向各海国中去"。

死者那一点，〔是错的。原书说：〕要是人们在晚上把食物放在死人的近旁，到明天不见了，那就可以算是死人来吃去了。我们也曾听人说过〔中国死人有〕这样〔的特别机能，而且相信着〕，直至有一天，有人从中国来了，〔我们想：〕他的话总是可靠的。我们把这件事问他，他说那是假的；他归结是这么说的："在这件事上，人们所说的全是没有根据的。这犹如崇拜偶像的人，自以为偶像能和他们说话，其实是假的。"

自从第一卷书写成之后。已有许多事情改变了，尤其是在中国。因为发生了种种的事故，已把中国〔与阿拉伯间〕的海洋关系隔绝，已把这〔中〕国毁坏，已销毁了〔它的〕法律，已捣碎了〔它的〕权威。我愿意，若然能使阿拉喜悦的话，把我所能搜集到的[1]关于这一回乱事的消息叙述出来，而且指出它的原因来[2]。

在中国捣乱秩序与正理，并且使〔中国与〕〔波斯海湾的〕西拉夫埠间的海洋关系断绝的原因，是由于中国发现一个叛贼，他的名字叫作黄巢。他开始时所用的是诡计与假恩惠，后来就从事于武装的攻击，使〔人物与财产〕都受到损害。他先把他近旁的官员们都毁了，后来他的势力日渐增大。他的接济也日渐扩大了[3]。他把预备工作做完以后，就向汉府（Hanfu，即广州）

① 雷译作"把我书上所读到的"。
② 雷译无此句。
③ 雷译作"这个人起初时所用的是狡诈的行为和漫无纪律，后来就用武力去威吓别人；渐渐的有许多立志不良的人都到他身旁去了，他的名声也增进了，他的接济也弘大了，他的野心就飞扬起来了"。

进发，这是中国的一个城，是阿拉伯商人的汇集处[1]。从汉府到海，就步行说，还有几天的路程；其城建于一条没水的大河的旁边。汉府人不愿意黄巢进城，黄巢就把城池围困起来，围困的时间很久，其年乃回历二六四年（即公历八七八年）也。后来城破了，城里的居民悉被杀害。据熟悉这件事[2]的人说，当时在城里做买卖而被杀死的回教徒、犹太教徒、耶教徒和马士德教徒（Mazdéens），共有十二万人，中国人还不算在内。此四种教徒的数目之所以能确定，是因为中国政府对外国人要按人口征税的原故。黄巢把桑树[3]和别种树一起砍去。我们之所以要特别提出这桑树，为的是中国人用桑树的叶子喂蚕，直喂到蚕自己藏入茧子的时候为止。桑树既已砍去，中国对外的尤其是对阿拉伯的丝绸出口事业，就跟着完了。

黄巢毁坏了汉府以后，继续着把所有的城一个一个地毁坏。当黄巢进攻京城的时候[4]，中国王就匆匆忙忙地逃走了。这京城的名字叫作户姆丹（Humdan，即西安）。中国王从户姆丹逃到与西藏相近处的一个城，叫作马都（Madu，即成都），就在那里住下。

乱事继续着[5]，乱党的势力日渐扩大。黄巢的意志，和他所预定的计划，是要毁坏各城，而且屠杀城中的百姓，因为他自己

---

① 雷译作“在被他所攻打的各城之中，有一个叫广府，是阿拉伯商人的汇集处”。
② 雷译作“熟悉中国事情”。
③ 雷译作“把城里的桑树”。
④ 雷译作“中国皇帝的力量不够抵御他，他后来逼近到京城了”。
⑤ 雷译作“乱党的命运维持了相当的时候”。

并不是王族中人，而他又很热烈地要攫取权力[①]。后来他的计划居然实现了；他做了中国的王，直到现在我们写这部书的时候（公历九一六年）[②]。

黄巢维持着他的权威，直到后来中国王送信给住在土耳其邦里的托古司·奥古司（Toguz-Oguz）王的那一天。中国与托古司·奥古司是邻国，两国的王族是有联姻的。中国王派遣钦差去求托古司·奥古司王来解除叛乱，托古司·奥古司王就派他的儿子去攻打黄巢，带领了一支大兵〔据马司乌提（Mas'udi）说，共有骑步兵四十万人〕，军械军需都有。经过了长时期的战争与猛烈的战斗，黄巢就被消灭[③]了。有人说他是被杀死的，也有人说他是病死的。于是中国王回到了他的名叫户姆丹（即西安）的京城里。〔可是，〕这地方已经毁坏了；国王已经没有什么权力；钱也没有了；他的将领军官和最好的兵也都死了。而且，各省都有〔叛乱的人〕[④]把经手得到的钱，完全扣下，并不把应该交出的一部分交给国王。中国王鉴于自己没有权力，对于这些叛徒，只要他们能表示服从，就给予慰藉之词，并且一律赦免其罪，也不追查那一笔钱，而且不要他们〔当真〕承认他的霸权[⑤]。这时候的中国，就像〔波斯的〕的基司拉（Kisra，即哥娄士，Chosroès）

① 雷译作“因为他自己不是王族中人，他不能希望把所有的权力都汇合到他手里”。

② 雷译作“他的计划的一部分居然实行了，因为直到现在，我们和中国的交通老断绝着”。译者按：“费译与次节矛盾，似当从雷译；否则原书当非阿尔哈桑一人所作，次节乃后人增补”。

③ 雷译作“打败”。

④ 雷译作“非法之徒”。

⑤ 雷译作“其他皇室固有的特权，也置之不问”。

时代一样[①]，当亚历山大把达里阿（Darius，即大流士）害死，波斯就被他手下的将军们瓜分了。〔中国各省的叛徒，〕都互相勾结，以达到〔其僭窃的〕目的，并不取得国王的同意，也不听他的命令。要是其中有一个特别强大了，把另一个弱小的打败了，他就可以占据土地，毁坏一切[②]。同时中国人以压迫到中国去做买卖的〔外国〕商人为能事[③]。对于阿拉伯的那霍丁（Nahoda，船东）和船主而设的种种虐政，都达到了最高点，超过了一切〔我们可以想象得到的〕界限[④]。做商人的必须缴纳非法的税，钱财被人劫夺，自身受到特设的强暴的待遇[⑤]。在这种情形之下，阿拉——愿他的名字受人颂扬！——就把中国人的福佑完全夺去了。海里的航行已变得不可能了。而且，这管理我们一切举动者——愿他的名字受福！——的全能，已使这种灾害〔的消息传〕到了西拉夫和阿曼（Oman）的引港人和掮客。

第一卷书的作者，曾经说过几条中国的法律，但他说的，就只是法律而已[⑥]。〔譬如〕他说过这样的一条：一个男人和一个女人从前的品行都是很好的[⑦]，一旦犯了奸淫罪，就应当被处死；盗贼和杀人犯，也应当被处死。

---

① 雷译作“就像从前的波斯一样”。

② 雷译作“使全境之内不留存一点直立着的东西”。

③ 雷译作“战胜者不怕虐待到中国去做买卖的商人”。

④ 雷译作“不久中国人不再管阿拉伯的船东的事了，各商业建筑物的主人，也变成了被不合正理的托词所攻击的箭靶子”。

⑤ 雷译作“他们的钱财被劫夺，他们受到反于已往的待遇”。

⑥ 雷译作“在第一卷中，我们可以看见一点中国的风俗样本，但就只那么一点”。

⑦ 雷译作“在中国，一个已婚的男人和一个已婚的女人”。

中国人的交易，都用铜币计算[①]，不许商人们用第纳尔（Dinar，金币）或迪尔汗（Dirham，银币），有如阿拉伯人所用的[②]。的确，照他们所说，要是有一个贼，进了一家用金币或银币做买卖的阿拉伯人的铺子，他可以把一万枚金币或同数量的银币驮在背上偷走，这就足够把商人全毁了。要是那贼进了中国人的铺子，他至多只能拿走铜币一万枚，其值适只等于金币米得加（Mithkal）十枚（约等于法郎二十枚）。

这种中国福卢司（fulus，即铜币），是用铜和别种〔金属〕混合在一起造成的。这种用合金造成的铜币[③]，大小和迪尔汗（Dirham）一样[④]，每一枚的中央，有一个大孔，可以用绳〔一贯一贯地〕穿起来。一千枚福卢司的价值，等于金币米得加一枚（约等于法郎二枚）。每一条绳上，穿福卢司一千枚[⑤]，分为十个一百，每一百与一百之间，在绳上打一个结。人们要买地产[⑥]，买家具[⑦]，买蔬菜，以及别种贵重物[⑧]都应按照其价值，用福卢司付清。这种中国铜币，在波斯海湾的西拉夫（Siraf）地方也可以找得到，上面铸的是中国字。

关于中国所发生的火灾，以及房屋的构造，以及前文已经说过

① 雷译作“中国人的习惯，买卖都用铜币”。
② 雷译作“因为用金币或银币是不方便的”。
③ 雷译无此句。
④ 雷译作“大小和我们所说的迪尔汗阿尔巴格里一样”。
⑤ 此从雷译，费译作一千六百，六系〇之误。
⑥ 雷译作“田地”。
⑦ 雷译作“商货”。
⑧ 雷译作“上等的东西”。

的关于这种事的话，〔现在还可以补充一点：〕据说，城市[1]是用木材和编织芦苇[2]造成的，和阿拉伯[3]用劈开的芦苇制造东西一样。在这芦苇做成的板条上敷一层陶土，再敷一层中国特有的涂料，是用苎麻的种子造成的。这种涂料和牛奶一样白；用它涂在墙上发出令人赞叹的光辉[4]。中国的房屋都〔建造在平地上，〕没有楼梯，〔理由是〕中国人所有的财物和积蓄，都装锁在装轮子的箱子里，遇紧急时，可以推着走。一旦有了火警，大家把箱子连同箱子里所装的东西往外推，没有楼梯挡着他们急遽的出路。

关于太监的事，第一卷书的作者说得太简单了[5]。〔所以要在下文补充一点：〕太监的职务，在于征收赋税，及其他一切〔皇〕库中的收入[6]。其中有许多人，当初是从外国捉来的俘虏，后来就勒令充当太监了；有许多却是中国人，是他们的父母把他们阉割了献给皇上的，因为在中国，太监是特任为掌管国家大事和皇库的[7]。他们中有许多被派到汉府（Hanfu，即广州），就是阿拉伯商人所在的地方[8]。当太监们和地方长官们出门的时候，习惯上[9]前面总有许多人，手里拿着一种木制的东西，像〔东方耶教徒做祈祷时所用的〕木铃一样的；他们把这

① 译者按：此言“城市”中之房屋。
② 雷译作“用木材和芦帘”。
③ 雷译作“我们”。
④ 雷译作“发出一种可赞叹的光”。
⑤ 雷译无“第一卷的作者”字。
⑥ 雷译作“其他一切公家的收入”。
⑦ 雷译作“有许多却是中国人，是他们的父母把他们阉割了献给皇上，欲借以猎取恩宠。的确，国家大事和库藏，就完全在这些内庭人的手里”。
⑧ 雷译作“皇帝派往广府——即阿拉伯商人所到的地方——的官，就是太监”。
⑨ 雷译作“习惯上，这些太监和一般地方长官骑马的时候”。

东西发出声音来[①]，可以传听得很远。凡太监或地方长官所过之地，街上不许停留行人；要是有人站在自己家门口，也该立时走进屋子去，把门关上，直到太监或地方长官走过了为止。当这些皇家官员经过的时候，绝没有一个老百姓敢停留在街上，因为他们都很怕，很恐慌[②]。〔而这些高官之所以要驱逐百姓，〕为的是不愿意使百姓有常常见他们的机会，或者是走上前去和他们说话[③]。

太监们和将军们[④]的衣服，都是用头等丝绸做的。这种丝绸从来没有运到过阿拉伯。在中国〔也很少〕，价钱也非常之高。在最重要的〔阿拉伯侨〕商之中，有一个人，他说的话是无可怀疑的，〔他〕说：〔有一天〕他在见其他买主之前先去见国王派到汉府来的太监，请他挑选送给国王所需要的从阿拉伯运来的商货。这商人看见太监胸口有一颗痣[⑤]，隐在他所穿的丝绸衣服里面。他自己还以为这太监所穿的衣服是双层的[⑥]。但因他不住地向着那太监瞧[⑦]，那太监就向他说："我看你不住地向我胸口瞧，为什么？[⑧]"商人回答道："我正惊奇：为什么身上一个痣，可以透过了双层的衣服还看得出。[⑨]"太监听了不禁大笑，

① 雷译作"他们把这东西彼此互击，发出声音来"。
② 雷译作"因为他们对于这些高官很怕，很恐慌"。
③ 雷译作"不愿意使百姓有着得见他们的习惯，甚而敢于大胆向他们说话"。
④ 雷译作"主要军官们"。
⑤ 雷译作"有一个天然的记色"。下同。
⑥ 雷译作"他自己还以为这太监穿着两件衣服，重叠在一起"。
⑦ 雷译作"但因他把眼睛时时向一个方向瞧"。
⑧ 雷译作"我看你把眼睛钉住了我胸口，那为什么？"
⑨ 雷译作"我正赞叹着为什么你皮肤上的一个记色，可以透过了你所穿的两件衣服还看得出"。

中国人的礼服（女）

随即〔伸过手去〕把衣袖伸出给商人看，说："你数罢，我穿了几件衣服？"商人一数，共是五件，重叠在一起，而胸口的痣，还可以透过这五件衣服看得出来。这种〔透明的〕丝绸，是生的，是没有压榨过的。国王所穿的丝绸，比这更好，更可爱。

在阿拉〔所造〕的一切众生中，以中国人所具有的手为最巧妙，能于作画，能于做细工，能于做一切工作；世界上没有别种人能比他们做得更好。中国人能用他们的手，很灵巧地做成种种东西，绝没有别种人做得成。〔他们每做成一件美术品〕就拿去见地方长官，要求给一个奖，〔借以证明〕他们能使用天分，〔于艺术上〕有所创造①。地方长官就吩咐把他们的作品在衙署门口张挂一年。要是在一年之内，没有人能在作品中指出缺点来，地方长官就可以颁给作者一个奖，而且聘用他为公家的艺师。要是有人能在作品中指出缺点②来，作者就要被地方长官斥退，自然也得不到奖了。一天，一个中国人在绢上画了一枝麦穗，上面停歇着一只麻雀。凡来看画的人，没有不以为麦穗和麻雀是真的〔因为画得真好〕。这幅画张挂了多时，〔一天，〕有一个弯腰曲背的人，碰巧走过那里，就评论起来了。即有人把他请进衙署里去，当着原作者的面③，叫他发表他的议论。他说："凡是有经验的人都知道④，要是一只麻雀停歇在一枝麦穗上，麦穗非往下弯曲不可。现在所画的麦穗是直的，不是弯的，上面却有一只麻雀

① 雷译作"借以证明他们能使艺术进步"。
② 雷译作"重大的缺点"。
③ 雷译作"同时把原作者也请了来"。
④ 雷译作"大家都知道，没有例外"。

停歇在麦穗上的麻雀

歇着，这就是毛病了。”大家觉得这段议论不错，地方长官就不给奖了。在这种情况和类似情况之下，中国人把艺师们〔的作品〕交给〔大众〕评论，其目的在于督促他们防止犯错误[①]，使他们对于自己的作品加以严格的[②]反省。

在巴士拉（Basra）地方，有一个古拉衣司（Kurays）的〔麦加（Mekkoise）〕族的人[③]，名叫伊本·瓦哈伯（Ibn-Wahab），是阿尔·阿司瓦得的儿子哈巴尔的子孙。〔这阿尔·阿司瓦得是在伊斯兰教祝圣时激烈反对先知穆罕默德的。〕〔当回历二五七年，即公历八七〇年时，赞吉（Zangs）族的人劫毁了巴士拉（Basra），伊本·瓦哈伯就离开了那地方跑到西拉夫（Siraf）。那时候正有一条船要开往中国。伊本·瓦哈伯好奇，就乘了这条船往中国去[④]。〕到了中国，他决意要去见一见中国的大皇帝。他就往户姆丹（Humdan，即西安）去。从汉府（Hanfu）动身，他走了两个月的路程才到。他在皇宫门口等候了好久，虽然他屡次请求觐见，而且宣布他自己是阿拉伯人的先知的家属中的一分子[⑤]。过了相当的时间，中国皇帝传令招待伊本·瓦哈伯，给他一宅房子住，并且供给他一切需要的东西。同时，国王写信给替他在汉府做代表的地方长官，叫他向〔当地的〕阿拉伯商人调查：这人自称为阿拉伯人的先知——愿阿拉保佑他——的本家，〔是否属

① 雷译作“在于练习他们的天才”。
② 雷译作“成熟的”。
③ 雷译作“有一个高雷衣照脱（Coreyschytes）族的人”。
④ 雷译作“在这种情况之下，就使伊本·瓦哈伯立意乘了这条船往中国去”。
⑤ 雷译作“而且宣布他自己是和阿拉伯人的先知从一个血统传下来的”。

实〕。汉府的地方长官回信说，伊本·瓦哈伯与阿拉伯的先知是本家，是真的。于是中国皇帝传令接见伊本·瓦哈伯，而且送给他许多很贵重的礼物。后来他把所收到的礼物，都带回了伊拉克（Irak）。

〔据马司乌提（Mas'udi）说，到回历三〇三年，即公历九一五年，〕这个人已经很老了，可是他的神志[①]还保持得好好的。他告诉我们，他见了中国皇帝，中国皇帝向他问了些关于阿拉伯人的问题，而且问他阿拉伯人是怎样[②]能够打倒波斯王[③]的。

伊本·瓦哈伯回答说："靠了阿拉的全能，和他的帮助[④]，而且波斯人拜火，拜日，拜月，不拜阿拉[⑤]。"

中国皇帝说："这是阿拉伯人打胜了最有威权的一个王国[⑥]了，它（指波斯）所有的开垦的而且肥沃的土地最多，它最富，它的人民最聪明而且数目最多，它的名声传播得最广远。"

又接着说："你是怎样把〔地面上的〕帝王分别等次的呢？[⑦]"

那阿拉伯人回说："在这一件事上，我完全不知道[⑧]。"

中国皇帝就向翻译人说："你告诉伊本·瓦哈伯：我们中国以

① 雷译作"官能"。
② 雷译作"用了什么方法"。
③ 雷译作"倾覆波斯帝国"。
④ 雷译作"阿拉伯人之所以取胜，因为有上帝的援助，他的名字应当赞祝"。
⑤ 雷译作"而且波斯人沉浸于拜火教中，拜日，拜月，不拜创物主"。
⑥ 雷译作"最高贵的一个帝国"。
⑦ 雷译作"照你的意思，世界上的帝王，应当如何分别等第呢？"
⑧ 雷译作"那人回说他对于这样的事，不大清楚"。

为〔世界上〕有五个王[1]。〔第一个王〕是伊拉克王，他的国家最富，因为它处于全世界的中央，其余的王国都环绕着它。在中国我们称他为〔众王之王〕。其次是中国王，我们称为‘人的王’，因为世界诸王，谁也比不上我们能在国内建立和平的基础和维持秩序[2]。而且别国的人民，也比不上中国人民那样服从君主。所以中国王是‘人的王’。其次是‘猛兽的王’，就是土耳其王（即托古司·奥古司王），他是我们的邻人[3]。其次是‘象的王’，就是印度王。在中国，也被称为‘智慧的王’，因为智慧是产生在印度的。末了是噜姆王〔即比生司（Byzance）王〕[4]，我们称为‘美男子的王’，因为世界上没有哪一种人中的男子生得比比生司人[5]更好，面目比他们更美的。这些都是世界上重要的王，其余诸王都比不上他们[6]。”

中国皇帝接着向翻译人说：“问一问伊本·瓦哈伯，要是他看见了他的主，他能不能认识？”

皇帝〔之所谓主〕，意思是阿拉的先知——愿阿拉保佑他[7]！伊本·瓦哈伯回答说：“我怎么能看见他呢？他如今在强而有力的阿拉那里[8]。”

皇帝说：“我不是这个意思；我所说的是他的〔画〕像。”

---

① 雷译作“有五个大君主”。
② 雷译作“谁也比不上我们能在国内维持秩序，而且管理得很适当”。
③ 雷译作“他的国境和中国相毗连”。
④ 比生司为君士但丁之旧名，而雷译“噜姆”作“罗马”，未知孰是。
⑤ 雷译作“罗马”。
⑥ 雷译作“其余诸王都只能处于第二位”。
⑦ 雷译作“皇帝的意思，是说上帝的门徒，那就是上帝所愿意帮助的”。
⑧ 雷译作“他现在在最高的上帝那里”。

伊本·瓦哈伯就用肯定的话答应了。于是皇帝叫人拿上一只匣子来，放在伊本·瓦哈伯面前，从匣子里取出许多卷的纸，向翻译人说："叫他看他的主吧。"

我一面看着纸上的先知们的〔画〕像，一面动着嘴唇，替他们祝福。皇帝不知道我是认识这些先知的，向翻译人说："问伊本·瓦哈伯，他为什么动他的嘴唇。"

翻译人翻译了，我回说："我替这些先知们祝福。"

皇帝又问："你是怎么认识他们的呢？"

我说："看了画上的各人的特殊情况认识的。这是诺亚在大船里，当全能的阿拉[①]吩咐洪水淹没大地和地上的民众时，诺亚和他的家族都得了救；阿拉只免除了诺亚和他的家族的死。"

皇帝〔听了这话〕就笑了，说："你说这画上的是诺亚，是对的；你说洪水淹没了大地，我们可不知道[②]。洪水只达到了地面的一部分，没有到中国，也没有到印度。"

伊本·瓦哈伯〔向我[③]〕说，我不敢反对中国皇帝，把我所要说的话说出，因为这是做不得的事。

我〔接着看画像说〕："这是摩西，拿着他的杖，带着些伊司拉尔人（即以色列人）[④]。"

皇帝说："不差，〔可是〕摩西只是一个小国的王，他的人民

① 雷译作"至高的上帝"。
② 雷译作"我们可不承认"。
③ 我：指本书作者。
④ 雷译作"伊司拉尔的孩子"。

反叛了他[1]。”

我接着说：“这是耶稣骑在他的驴子上，带了他的众门徒[2]。”

皇帝说：“他在世时间不长，而他的传教活动只持续了三十个月多一点[3]。”

伊本·瓦哈伯继续观看着各先知的画像，可是我们只需把他所说的话的一部分报告出来。他说，在每一个先知像的上面，总有一长行的中国字，他以为那必定是先知的名字，和他邦国地域的名字，或者是所做的事业，和他的神圣的任务。伊本·瓦哈伯接着说：“我看见〔我们的〕先知了——愿阿拉保佑他，而且向他行礼[4]——他骑在骆驼上，他的同伴环绕着他，也多骑在骆驼上；他们都穿着阿拉伯的靴子；各人腰带上都带着〔阿拉伯的〕剔牙杖[5]。我〔看见了〕就哭了。皇帝叫翻译人问我为什么哭，我说：“这就是我们的先知，我们的救主，是我的伯叔的儿子，是我的从兄弟，〔因为我们俩都是古拉衣司（Kurays）族的人〕——愿和平在其身。”

皇帝说：“你说得不差；你们的先知和他的人民创造了最强盛的[6]国家，可是他自己没有能亲眼看见他所创造的〔国家的兴

① 雷译作“可是摩西只在一个很小的舞台上活动着，他的人民也不服他的指挥”。

② 雷译作“被他的门徒围绕着”。

③ 雷译作“他只露了一下子面，因为他所做的事，只勉强能延续到三十个月多一点”。

④ 雷译作“愿和平在其身”。

⑤ 费译于此句下作（？）志疑。

⑥ 雷译作“最光荣的”。

盛〕，能看见的却是他的继任人了。”

〔伊本·瓦哈伯接着说，〕我又看见许多先知的像，其中有几个以右手大拇指、食二指相接，有如这样，用以表示他们的〔信仰中的〕真理。又有许多先知的像是站着的，用手指指着天。还有许多像，据翻译人说，所代表的是中国和印度的先知。

〔接着，〕皇帝向我打听阿拉伯各哈里发的情形，和他们的外表①，又在回教的教律和宗旨上，问了许多问题，我把我所能回答的〔回答了〕②。

他又问："照你的意见说，这世界的年纪有多大了？"

我说："关于这一点，各人的意见不同，有人说是六千年，有人说没有这么古，有人说还要更古一点；可是，这种的差别，是不值得注意的③。"

〔皇帝听了这答语〕不禁大笑，站在他一旁的大臣，也表露出不赞成我的话的神气。皇帝说："我想你们的先知，不会说这样〔的蠢话〕。"

这下我可回答错了，〔我说：〕"没有错，我们的先知正是这么说。"

于是我看见皇帝的脸上，显出很不高兴的神情来；他叫翻译人向我说："你的话该好好地考虑考虑再说，皇帝说话，可不能含含糊糊的。你说你们回教徒在这一个问题上意见并不一

① 雷译作"服装"。
② 雷译作"又问了许多问题，都是关于宗教、风俗、习惯，而是我所能回答的"。
③ 雷译作"可是究竟相差不多"。

致，这就是说，你对于你们先知所说的话不赞同。先知所说的话是不应当反对的，是人人都该接受的。你在这上面该注意一点，别再说同样的话[①]。”

接着，皇帝又同我说了许许多多的事情，我可是忘了，因为时间隔得太久了。接着皇帝又问：“你为什么离开了你的皇帝〔而到中国来〕呢？他所住的地方，离你〔比我〕更近；你所住的地方，和你的家世，离他〔比我〕更近[②]。”

我把巴士拉近来所遭的事〔即商族人劫毁了城池的事〕报告了皇帝，〔接着说：“在这种情形之下，〕我就匆匆地〔离开了那里，〕到了西拉夫[③]，恰巧那时候有一条海船要开往中国。我早就听说中国是个华美的国家，国中有各色各种精妙的东西。恰巧能有机会使我到此地来看看，真叫我有无穷的喜悦。〔现在〕我就要离开此地回本国，到〔阿拉伯〕王——就是我伯叔的儿子——那里去。我要把我所看见的报告给他，而且向他证明：国王是怎样的威风[④]，国土是怎样的广大，我所享受到的是什么样的待遇，人们待我怎样。”

我这样说了皇帝很喜欢，他叫人送了我一份重礼，而且叫皇家驿路上的骡子，送我回汉府。他还写信给汉府的地方长官，叫

① 雷译作“注意你自己所说的话；对皇帝说话，得好好的估量着说。你说在这问题上不同意，那就是说，你对于你们的先知所说的一切不同意，也就是你不能接受你们的先知所制定的一切。这样的意见分歧是不应当的；你该接受先知的说话，全不反对。注意些罢，别再犯同样的过错”。

② 雷译作“按着住的地方和种族说，他之于你，比我更接近”。

③ 雷译作“我回说：我的故乡巴士拉劫毁了，我就到了西拉夫去”。

④ 雷译无此句。

他好好地待我，要优于本地的其他官吏，并且供给我一切，直到我离开的那一天为止。这样，我就在丰富的衣食中生活着，直到我离开中国。

我们向伊本·瓦哈伯询问关于户姆丹（即西安）——就是中国皇帝所住的一个城——的消息，而请他把详细的情形说出来。他说，这一座城很大，居民很多。全城分为两部分，中间隔着一条长而且宽的道路。皇帝、宰相、军队、大法官、太监以及他们的产业[①]，都在城的右边，就是东边。他们不同人民来往，那里也没有市场[②]。沿着各处的街道，都有小河[③]；街道的旁边是用艺术的方法所种的树，以及华丽的大房子。城的左边，就是西边，是人民所住的地方，有商人，有货栈，有市场。每天天亮的时候，大家可以看见皇家的承候人，皇宫里的官员和下人，军队领袖的下人，以及下人的委派人[④]步行或骑马，来到这有店铺和市场的地方，购买口粮，以及一切需要的东西[⑤]。买完了就回去，非到明天，就不会再看见他们。

在中国，有种种可以欣赏的东西，有美丽的小树林，中间有小河贯通着[⑥]，可没有棕榈树。

现在（公历九一六年）有人讲起一件事，是我们以前的人[⑦]

① 雷译作"以及其他在政府里服务的人"。

② 雷译作"那地方没有人民，也没有像市场一类的处所"。

③ 雷译作"各处的街道，都有小河穿过"。

④ 雷译作"大家可以看见皇宫里的承候人，朝廷里的管事人，将军们的管事人，以及管事人的委派人"。

⑤ 雷译作"他们的主人所需要的东西"。

⑥ 雷译作"有美丽的小树林，有弯弯曲曲的小河"。

⑦ 雷译作"我们的祖先"。

所不知道的。以前，从没有人以为中国海和印度海[①]是可以和叙利亚海（Mer de Syrie，即东地中海）相通的；而且这种见解，直到现在也没有在我们的脑子里产生过[②]。可是现在我们知道，有人在罗姆海（Mer de Rum，即东地中海）[③]里，找到了些阿拉伯船上的木片，是用绳子捆合〔而不是用钉子钉合〕的。这种船〔遇到了危险〕，船身被打破了，船上的人也都遭了难了，大浪把船身打作了一块块，漂浮在海面上，被风推送到哈撒尔海（Mer de Hazars，即里海，Mer Caspienne）；再从那里漂浮到罗姆海湾（Galfe de Rum，即马尔马拉海，Mer de Marmara）[④]；然后再漂浮到罗姆海和亚得里亚海（即东地中海）。这里可见大海环绕着中国、高丽，以及土耳其和哈撒尔的后境腹地（Arriere-pays）[⑤]，归入〔君士但丁堡〕海湾里[⑥]，然后和叙利亚海相通。的确，造船的木头用绳子捆合，是西拉夫（Siraf）地方的一种特别制造法；叙利亚和罗姆（即贝生司，Byzance）地方造的船，所用木材都用钉子钉，决不用绳子捆。

我们又听说，有人在叙利亚海里找到了琥珀。这件事似乎不可信，从前也没有人说起过。要证明这句话很不容易，若然这句话是真的，琥珀必须经过了亚丁海（Merd'Aden，即红海）和库尔苏姆海（Mer de Kurzum，即苏伊士海湾），才能到叙利亚海，因

① 雷译作“灌溉着中国和印度的海”。
② 雷译作“直到最近还是觉得不可信的”。
③ 雷译作“地中海，即罗马海”。
④ 雷译作“君士但丁堡运河”（Canal de Constantinople）。
⑤ 雷译无“后境”字。
⑥ 雷译作“君士但丁堡运河里”。

为那海（指红海）是和出琥珀的海（指印度洋）相通的。可是全能的阿拉[1]〔在《可兰经》第二十七章第六十一节里〕说："我放一道栅（苏伊士海峡），在这两海（红海和地中海）的中间。"要是人们告诉我的话是真的，〔那就只能说，琥珀〕被海水冲激着，从印度海入另一个海，更从这一海到那一海，辗转到达叙利亚海。

① 雷译作"至高的上帝"。

关于爪哌加城的记载

〔在这一章里，〕我们开始讲述关于爪哌加〔Jarwaga，即爪哇（Java）〕城的故事，因为这一座城，位置在中国的对面。两国间的距离是海程一个月，要是风顺，还不到一个月。

这城的王，叫作摩诃罗阇（Maharaja，梵语，译言大王）。这城〔是全王国的国都，全国〕的面积，据说有九百〔平方〕巴拉桑斯（Parasanges）。国王〔于本国之外〕还管领许多岛，相离有一千〔平方〕巴拉桑斯远，或者更远些。

在他所管领的诸国之中，有一个岛，名叫斯克里波萨（Skribuza），其面积据说有四百〔平方〕巴拉桑斯；又有一个岛叫作拉米（Rami），面积有八百〔平方〕巴拉桑斯。在这后一岛之中，有苏木、樟木及他种香木的种植场。此外还有一个地方，也归摩诃罗阇管领，就是加拉海邦（Kalah，或作Kra，在马来半岛的东边）[1]，位置在中国与阿拉伯间的半路上。据说这加拉邦的面积，是八十〔平方〕巴拉桑斯。加拉城是个市场。所

① 雷译作“加拉岛”。

集中的商业是沉香、樟脑、檀木、象牙、锡、乌木、苏木，以及其他各种香料，和别种东西，然仔细说是太长了。现在（十世纪的初年）阿曼（Oman）的船，就向这地方开去；而这地方的船，又向阿曼[①]开来。

摩诃罗阇的权力，可以管辖到这些岛。他自己的岛，就是他所住的一个岛，是肥沃得无以复加的地方；全境布满了人口，没有间断的地方。有一个人，他的话是很可靠的，说这地方每天清早鸡叫的时候——像在阿拉伯一样——一只鸡一叫，其余的鸡彼此跟着叫，可以接连不断，直到一百巴拉桑斯之远，或者还要更远些；〔其所以如此，〕是因为一个个的村庄彼此接连不断，中间没有沙漠，也没有荒废的地方。在这地方旅行的人，无论步行或骑马，他爱上哪里就上哪里；要是他心里觉得有点不高兴了，或者是马走乏了，他可以随时停下〔因为各处都可以借宿〕。

在人们告诉我们的许多奇怪事情之中，有一件是关于这个名叫爪哌加岛的掌故的。这岛上古时有一个王，称为摩诃罗阇，他的王宫对面，是一个和大海相通的塔拉格（Talag）——塔拉格就是河道入海的口子，犹如经过[②]巴格达（Baghdad）和巴士拉（Basra）两处地方的底格里（Tigre）河的口子，河水可以往里面冲，但到退潮的时候就是淡水了。从这塔拉格里分出一个小湖[③]和王宫很接近。每天早晨，国王的承候人拿一块砖头式样的金块，来到国王的面前，称一称有几曼（mann）重；曼的价

① 雷译作“阿拉伯”。
② 雷译无“经过”字。
③ 雷译作“小池”。下同。

值是多少，我可不知道。于是，他就在国王面前，把金砖投在小湖里。在潮水来的时候，这金砖和以前所投的金砖，都被水淹着，不能看见；到潮水落了，所有的金砖都露了出来，在太阳下放光。国王在御临湖边的大殿时，就对着这些金砖看①，这样的习惯是不变更的；每天早晨，总要把一块金砖投在水里。在国王活着的时候，谁也不去动它。等到国王死了，他的继任人把所有的金砖一起取出，一块也不留，先数了数目，然后熔化了，分给王族里的人，男人、女人、小孩、将军、王奴②等，都按着各人的阶级和优先权〔的大小〕分配；余下的发给穷苦人和不幸的人。〔分发完了，〕就把金砖的数目和重量记录下来；并记明某王，在某时即位，共有多少年，死后湖中所存的金块有多少，分发给王子〔某某等〕，官员〔某某等〕。在爪呱加的意识中，如果一个国王在位的时候很长久，死后所遗下的金砖很多，那是很光荣的。

据爪呱加的记载，古时有一个克美尔的王。克美尔（即柬埔寨）是出产沉香的地方，并不是一个岛，却〔位置〕在〔亚细亚洲的〕和阿拉伯交界的一部分上③。无论哪一王国的人口，都没有克美尔的人口多。克美尔人都步行；凡使人荒唐④和发酵的饮料⑤都禁止；在各城市及全国各处，从没有一个人做荒唐的事，

① 雷译作“国王上朝，就在池上的一个殿里，他的面对着水”。
② 雷译作“太监”。
③ 费注“原文如此”。雷译作“却位置于印度洲的和阿拉伯相对的一边上”。
④ 雷译作“淫佚”。
⑤ 雷译作“那毕得”（Nabyd），注曰：“那毕得者，枣或干葡萄所造酒。”

或用发酵的饮料。克美尔国和摩诃罗阇的国，即名叫爪呱加的那个岛，在同一经度上①。两国间相距，有十天至二十天的海〔程〕，方向是自北而南，或自南而北；〔顺风是十天，〕中常的风〔是二十天〕②。

据说，从前克美尔有一个自以为有能力的国王，是个少年好事的人。他坐在他的王宫里——这王宫下面有一条淡水河，和伊拉克（Irak）的底格里（Tigre）河一样；从王宫到大海，有一天的〔水〕程——他的宰相也在他面前。他和他的宰相谈话，谈到了摩诃罗阇的国，谈到了这一国的光荣，这一国的繁盛的人口，以及臣服于这一国的许多岛。〔国王说：〕“我有一个愿望，总想把它完成了。”

他的宰相，是个对他很忠实的人，而且也知道他的性情是很浮躁的，就问道：“哦，国王，那是什么愿望呢？”

国王说：“我愿意看见爪呱加国王摩诃罗阇的头，放在一只盘子里，拿到我面前来。”

宰相知道国王被嫉妒心鼓动了才有这样的思想，就说：“哦，国王，我不愿意我的主表露出这样的愿望。克美尔和爪呱加两国的人民，并没有什么仇恨，无论在语言上或行为上。爪呱加对于我们从来没有做什么坏事。它是一个很远的岛，并不在我们的邻近③。〔它的政府〕从来没有表示过有侵占克美尔的野

① 雷译作“克美尔国和摩诃罗阇的王国及爪呱加岛在同一方向上”。

② 雷译作“两个王国之间，按着纬度说有十天的海程；或者多一点，甚至于可以到二十天，假使风力小”。

③ 雷译作“它同我们的关系是很远的”。

心。国王所说的话，可不要再给任何人听见了；国王自己，也不该说这话了。”

国王大怒，不听这忠实而贤明的宰相的劝告，却把自己的愿望，在将军们面前说，在上朝时的大臣们面前说。这样口耳相传，愈传愈广，连摩诃罗阇也知道了。这位摩诃罗阇是个有毅力的国君，活泼而有经验[①]；那时他已到了成熟的年纪[②]。他把他的宰相叫了来，把他所听见的话告诉了他，向他说：“既然那疯子因年轻而浮躁的缘故有了那样的愿望，既然他已把他的愿望公布了，我对他也就不能置之不理了。〔要是对于这种的侮辱不理会，〕那是我错待了自己，而甘心在他面前示弱，降低身份[③]。”

国王〔这样说了，〕一面叫宰相把这话严守秘密，一面吩咐他预备一千只中等大小的船及一切航海设备[④]，每一只船上，把军械和骁勇的兵士尽量地装满了。国王〔恐怕这样的举动要被人注意，〕就发表宣言，说他要到所属各岛里去巡阅一次；同时又写信给臣服于他的各岛长官，说他这一次的旅行，要按着先后到各岛去拜会他们。这个消息不久就传遍了各处，各岛的长官都预备着欢迎摩诃罗阇的到来。

国王发过命令，等到一切都已预备齐全了，他就上了船，带

① 雷译作“是个稳健的人，有活泼的精神和精密的经验”。

② 雷译作“到了中年”。

③ 雷译作“因为这种的事对于一个国王是错的，那是要缩小他的地位，降低他的身份”。

④ 雷译作“及打仗的家伙”。

了他的舰队和兵士向克美尔王国开去。国王和他的同伴[①]都带着剔牙杖；每人每天要剔好多次牙。他们每人都随身带一根剔牙杖，不放在别处，也不叫奴仆们代为收管。

克美尔王完全不知道有这样的事，直到摩诃罗阇占据了那条通往他的京城的河，把兵队向前推进的时候[②]。于是兵队趁着〔对方〕没有准备，把京城围了起来；捉住了国王，而且把王宫也包围着[③]。克美尔人[④]看见敌人来了都逃走。摩诃罗阇就叫人在大街上呼唤[⑤]，宣布保障大众的安全。接着，他坐了克美尔王的宝座，把已成了囚犯的克美尔王和宰相都叫到了面前，说："是什么思想鼓动了你，你才有这样的一个能力所不及的愿望？这种愿望即使能够完成，对于你也没有一点好处；何况，要说这种愿望是否容易完成，也不是一句话就能做到的。"

〔克美尔王〕不答。摩诃罗阇又说："你的愿望是要看我的头，放在一只盘子拿到你的面前；假使你同时还要占据我的土地，我的王国，或要劫掠某一部分[⑥]，那我就要照样地施之于克美尔。可是，你的愿望只在第一件事上[⑦]，我也就要把你所要施

① 雷译作"战士"。
② 雷译作"克美尔王完全不知道有危险，直到那舰队开进了那条通他的京城的河，而且摩诃罗阇的战士已经上岸了"。
③ 雷译作"摩诃罗阇这就趁了克美尔王的不备；他把他捉了起来，而且占据了王宫"。
④ 雷译作"克美尔的官员"。
⑤ 雷译无"叫人在大街上呼唤"句。
⑥ 雷译作"假使你要劫掠我的国，自己去做主人，或要加以其他的损害"。
⑦ 雷译作"只在一件特别的事上"。

之于我的施之于你，接着我就要回到我的本国去，不会占据克美尔的任何东西，无论是关系大也罢，价值小也罢。我的胜利〔是给〕你的继任人〔一个教训〕：无论何人，不应该有能力所不及，和命中注定所得不到的企图；一个人能够身体健康，好好享乐①，也就很可庆幸的了。”

说着，他就叫人把克美尔王的头斩了下来。他又走到克美尔的宰相的面前，向他说：“我要酬赏你的功劳，你是好宰相。我知道你劝过你的主，〔不幸〕他没有听你。现在去找一个能够做得好国王的人来继承王位，替代那疯子。”

摩诃罗阇立即动身回国，他自己和他所带的人，没有取克美尔国的一草一木。回到了本国之后，他坐在他那下面有小湖的宝座上，叫人把装着克美尔王的头的盘子，拿到了面前，他召集了他王国中的高级官员，把经过的事实，以及他之所以不得不发兵去讨伐克美尔王的缘故，告诉了他们。爪哌加的人民〔知道了这件事〕，都替国王祈祷，且祝颂他能够获得所有一切的幸福。于是摩诃罗阇吩咐把〔克美尔王的〕头洗干净，用香料装殓，放在一个瓮钵里，叫人送还给被杀了头的克美尔王的继承人②。他同时还写了一封信给他，里面这样说：“因为你的前任王对我表示仇恨，我不得不用针锋相对的方法惩戒他，为的是要〔使〕想要模仿他的人〔得到一个教训〕。我用他所要对付我的方法对付了他。我现在觉得应当把他的头送还给你，因为扣

① 雷译作“一个人能于自己保重，有健康的身体”。
② 雷译作“送还给现时在位的克美尔王”。

留在此地也没用。我这样做只是为了对付他，我并不感到有什么光荣。”

这样的消息传到了印度王和中国王那里，他们心目中的摩诃罗阇的形象，就一天天高大起来了。

自此以后，所有克美尔的王，每天早晨起身之后，总朝着爪哇加俯伏行礼，算是对摩诃罗阇表示屈服，并表示敬意。

续叙关于中国的消息[1]

讲一讲这个国家里发生过的几件事[2]。

中国在从前，就是在目前（十世纪初年）所发生的〔不幸的〕变化[3]之前，因为政府对于各种事务异常关心，中国人所处的〔平安〕境界，是国外人所意想不到的[4]。

有一个霍拉山（Horasan）人，到伊拉克（Irak）来买了大宗的商货，运到中国去卖。这是一个异常吝啬的人[5]。汉府是阿拉伯商人的汇集处，有中国皇帝所派的太监驻扎着，这霍拉山商人在太监来选办御用物品的时候和他起了冲突。而那太监可是皇室中最重要的官员之一[6]，他管理着各种库藏和皇帝的钱财。太监和商人因为购买象牙和别种货物起了冲突。商人嫌太监出价太低，非加价不卖；太监恼了，就〔用权力〕把他所运来

① 雷译作"关于中国的新观察"。
② 雷译无此句。
③ 雷译作"变乱"。
④ 雷译作"中国的安宁，是无可比拟的"。
⑤ 雷译作"这是个吝啬而且十分过于重视钱财的人"。
⑥ 雷译作"全国中最有权力的人员之一"。

的商品中的最好的东西一起拿去了，然后对他的财产权就置之不问了。

商人就化装[1]离开了汉府，跑到中国大皇帝的京城户姆丹（Humdan，即西安）地方，两地相隔有两个月的路程，或者还要多一点。他就去拉动了本书第一卷中所说过的那条绳子。按照规矩，有人拉动了这条绳子，使大皇帝头上的钟声响起来，应当立时被押送到离京城有十天路程远的地方，算是充军的一种。到了那里之后，还要把他监禁两个月；到期满了，当地长官把他叫了来，向他说："你惊动了皇帝，要是所告的并不确实，你就会失去你的财产和性命。〔在汉府，就是〕你和其他的阿拉伯商人所住的地方，皇帝派了大臣们和长官们〔驻扎着〕，你若向他们控告，他们一定公平办理。你要知道，若然你一定要见皇帝，而你所持的理由又不值得经过这样的一个手续，你就非死不可。这个办法是防备别人学你的样。你还是撤销了控告，做你自己的事吧。"

照规矩，假使有人要撤回控告，就该把他打五十棒，押回原处；假使他不撤销，就得把他带到皇帝那里。这办法如今当然要应用到这霍拉山的商人身上。因为他仍要维持控告，而且要求去见皇帝，于是就有人把他带到了皇帝面前[2]。皇宫里的翻译向他询问案情，他就把他与太监之间所发生的事[3]，和太监强取他的商货的情形说了出来，〔而且说，〕这件事在汉府已闹得很

① 雷译作"秘密"。
② 雷译作"就把他解回京城，送到皇帝面前"。
③ 雷译作"所起的争执"。

大，是人人都知道的了。

于是皇帝命令把这霍拉山商人关在监牢里，供给他所需要的一切饮食；同时命令宰相写信给汉府的皇家官吏，叫他们在这霍拉山商人所控告的一件事上，查出一个实情来。对于右丞、左丞、中丞，也下了同样的命令——这三人位居宰相之次，是指挥皇家军队的；皇家的卫队也交给他们管带。皇帝因为打仗或因为别种的事[①]而出门，这三人就依着〔官衔所指定的〕位置，伴着皇帝同走——这三人〔受了皇帝的命令〕也〔各自〕写信〔给他们的属员，叫他们调查真相〕。

在调查中所得到的各种消息，都能证明霍拉山商人所说的话是真的；这样的报告从各方面一个接着一个送到皇帝处。皇帝把那个太监召回了；等他到了，就把他的财产充了公，把他管理皇库的职务也革去了。于是皇帝向他说："照理，我应当把你处死，因为你要叫我在这一个人身上丢脸。这人从我国边境外面的霍拉山地方到阿拉伯，再从阿拉伯到印度，最后到中国来求我的恩泽。你可要他回去的时候，向各国的人说：'在中国，我受了非法的待遇[②]，我的商货被人用暴力夺去了。'因为追念你的前功，我姑且不把你处死；可是，你已不能在活人中做一个行政人[③]。我就派你去服侍死人罢。"于是照着皇帝的命令，把那太监派到皇陵上去守陵，并料理一切。

从前，就是在现在（十世纪初年）之前，中国行政上有一件

① 雷译作"类似的事"。
② 雷译作"我是个非法待遇的牺牲者"。
③ 雷译作"因为你已不知道尊重活人的利益"。

可以赞颂的事，就是诉讼的判决很公平，这种判决可以得到〔大众的〕信赖。政府选择法官，务使百姓们不感到丝毫的不安定，所以〔所选的人〕，必须精通法律，必须有恳切的热诚，必须在种种不同的情况之下都一样的公平正直，必须能够做到不和富贵人有关系的任何人等往来，以免法律上受到牵制，必须对穷人们的财产以及一切其他经手的事务，能够严谨公正。

当政府决定派某人为大法官之前，必须先派他到各种重要的城镇——可以认为是国家的柱石的——城里去游历。他在每一个城里住一两个月，考察人民的情况、掌故、风俗等。他选定了说话可靠的人向他们探消息，因为得到了这种人的消息，就可以不必再问别人了。他这样游遍了全国各重要城镇，就回到京城里去就任大法官的职务。

各地的法官，都由大法官选择任命。因为他知道全国〔各大城镇〕的情形，又和受了他的命令在本籍或外地做法官的人熟悉，所以，要是有人向他提供一个不公正的意见，或向他作一个不正确的答语，他都可以追寻得出根源来。所以他不怕法官们向他报告不确的事实，或将事实的真相改头换面了去蒙蔽他。①

每天有一个人，在大法官的门口当着大众这样呼唤："有什么人要向我们臣下所看不见的皇帝控告他的文武官员或百姓吗？②我是皇帝派来专管这些事的，他已把这权柄交给了我，因

① 此上三节费雷二本意义相同，词采稍异，今参酌译之。

② 雷译作"有没有什么人要控告我们臣下所看不见的皇帝，或他的文武官员，或他的普通百姓？"

为他任命了我。”这样一连叫唤三次。就通常而论，中国皇帝是不出宫门的，除非在各省长官的来文中找出了明显的不公平时，或者是司法上或地方行政上有了疏忽。到这两方面的事一旦明确规定了，各省长官的来文都只能说公正的话，司法方面也全由法官们照例行事，国家就有了秩序了。

至于霍拉山，〔前文已经说过，〕位置在中国的边境外面。从中国[①]到索格丁（Sogdiane）[②]，有两个月的行程；两国间隔着个不见人迹的沙漠；只是相连不断的沙，没有水，没有河，没有居民。这是中国人防御霍拉山人的天然保障。

中国西部的边境，和西藏东部边境的名叫马都（Madu，即成都）的地方相接。中国与西藏地区之间常常打仗。我们遇到过一个游历中国的人。他向我们说，他看见过一个人，背上驮着一皮袋的麝香。他从撒马甘得（Samarkande）地方动身，一个一个地经过了许多个中国城池[③]，最后才到了汉府，那就是西拉夫的〔阿拉伯〕商人所汇集的地方。他又向我说，出产中国香麝的中国，和西藏同在一块土地上，中间并没有什么隔障[④]。中国人需向边境采取香麝，西藏人也是如此。西藏的麝香比中国的好，因为有两种缘故。第一，香麝在西藏的边境上，可以找得到甘松吃[⑤]，而在中国边境，就只有别种的植物。第二，从香麝身上取下

① 雷泽作“中国本部”。
② 是中国古书中记载的西域古国之一粟特。
③ 雷译作“从本国步行到中国，经过了许多城池”。
④ 雷译作“出产中国麝香的地域，和西藏只是在同一处”。
⑤ 雷译作“甘松”作“有香气的植物”。

的香囊[①]，西藏人都保留它原来的状态，中国人拿到了香囊，就加以改装[②]，再加上从海道转运，不免要受到潮湿。要是中国人把麝香保留在香囊里，外面装一个陶土小罐，密封着，这样运送到阿拉伯，品质就和西藏的麝香一样了。最好的麝香，是香麝的肚子和山上的岩石相摩擦而遗留下来的。〔在香麝造麝香的时候，〕它全身的汁液都聚集到肚脐里，全身的鲜血也都集合在一起，好像生了个疮疖，也要汇集全身的血。〔当它肚脐里的那疮疖般的东西〕成熟时，觉得很不舒服，就把〔肚子〕放在岩石上摩擦，直到那疮疖被擦破，中间的汁液流了出来。到汁液流完了，创口干了，结了疤了，身上的汁液又照着老样子聚集起来〔造成第二次的疮疖〕。

西藏有许多惯于搜寻麝香的人，对于这一种的麝香有特别的知识。他们找到了这种麝香，都采集了装在香囊[③]里。〔这样采到的〕麝香是专给国王们用的。这是最上品的麝香，因为是在香麝的香囊中自然成熟的，别种麝香都比不上它，有如在树上自然成熟的果子，总比没成熟就采下来的好。

另一种采取麝香的方法就是张网或用弓箭猎取香麝。这样得到的麝香往往没有成熟。没有成熟的麝香在相当时期内常有一股很不好闻的气味，必须过了很久才能干，干了之后，就变成〔有香味的〕麝香了。

① 雷译作“膀胱”。
② 雷译作“改造”。
③ 雷译作“膀胱”。

中国香麝

香麝的样子和阿拉伯的羚羊[①]一样：一样的身材，一样的颜色，一样的细腿，一样的蹄分为二，一样的角〔下〕直而〔上〕曲，香麝有两个大齿，细而白，直出口外。一齿之长，约有不足一个"安班（Empan）"（自拇指之端至小指之端）[②]，样子很像象的防御齿。这是香麝与别种羚羊[③]不同之处。

中国皇帝和各城长官以及太监之间的信件，是用皇家驿路上的骡子传送的；这种骡子的尾巴都截短了，和阿拉伯官驿里的骡子一样。这种骡子依着规定的路线走。

中国人[④]听任头发在头上生长，〔不像阿拉伯人那样剪短或剃去。〕这种风俗，是由于中国人养孩子，不像阿拉伯人那样把他的头揉圆或揉长[⑤]。中国人说，〔阿拉伯人〕那种风俗，会把脑子的天然状态破坏，从而把人的灵性也变换了[⑥]。中国人的头的样子都不好，可因为头发多，把这缺点掩盖了。

说到婚姻一层，中国人却分成许多宗族和家庭，和阿拉伯族人及伊司拉尔族人（Israelites，以色列人）不同；这宗族的分别，对于婚姻上是有关系的。凡亲属不能结婚，同一血系的人也不能结婚，尤其是同属于父系的；要结婚，必须向系外找。结果是同宗族的人不能结婚，有如在阿拉伯，巴努·大明族（Banu Tamin）的男人（即大明族的子孙），不能和大明族

---

① 雷译作"山羊"。
② 雷译作"一齿之长相当于自拇指之端至食指之端，或尚不及"。
③ 雷译作"山羊"。
④ 雷译作"男人"。
⑤ 雷译作"揉圆或矫正式样"。
⑥ 雷译作"灵性"作"普通知觉"。

的女人结婚；巴努·拉比亚族（Banu Rabia）的男人，不能和拉比亚子孙中的女人结婚；巴努·拉比亚族的男人，只能和木打尔（Mudar）的女人结婚；巴努·木打尔族的男人，只能和巴努·拉比亚族的女人结婚。中国人以为这种同族不婚，可以使后代繁昌。

关于印度的几个见闻

在白勒海拉（Ballahra）国及印度的几个国度中[①]，有一种人，他们自愿在木柴上被火烧死。这种习惯是由于深信轮回的原故；这种迷信在他们的头脑中是如此的坚固，使他们深信不疑。

有几个印度王登基的时候，他们把人们贡献来的米用香蕉叶煮熟[②]。〔行大礼时〕他就去召集三四百个〔对他关心〕的朋友来[③]；这种朋友并不是被势力所迫而来，乃是他们自己愿意来的。那位王自己吃过米后，就让他的朋友们轮流着走到他的面前吃那种米。等到王病死了或是被杀了，所有的人〔同王行过吃米礼后的朋友，便算是与王最亲密的朋友〕，应该在王逝世的那一日内，一个个自动地在柴上，被火烧死，〔王一旦逝世，他的朋友们就应该被消灭，〕半刻也不能停留。〔这种办法

① 雷译作“在（Ballahra）及印度旁的省城中，人们可以看见”。

② 雷译作“印度王中，有些在登极的时候命人把米煮熟，用香蕉叶盛着献给他们”。

③ 雷译作“王的身边有三四百个对他关心的朋友”。

是这样规定的，〕要叫那些朋友们的肉体及遗骨，一点也不能留在人间。

有人自愿被柴烧死的时候，他就走到王的宫里，要求人们准许他自动地火葬。

〔等到人们准许了他的请求后，〕他就到各处的市场上走动，在他走动的时候，人们就用许多的木头〔点起〕一堆柴火，一直点到火苗烧得像红色的玛瑙石一样。然后，这自愿的牺牲者在市场上跑起来，前面有击钵的乐队领导着，又有家族和亲友们围绕着他。其中有一个人把一顶用香草编成的草冠戴在他的头上，草冠上盛着烧红的煤；人们用松香倒在他的头上，松香碰到了火就像石油一样地烧起来。牺牲者向前走着，他的头开始烧起来，人们可以闻到那〔烧着〕的头所发出的肉味来；但是他走的样子丝毫也没有改变，他也不显出任何痛苦的样子。他这样一直走到柴堆旁边，在那儿，他跳到里面，就变成了火灰。

有一个见过这种事的人告诉我们[①]，有一个打算自焚的印度人，走近火堆的时候，他就拿起一把匕首插入了他自己的胸，亲手把自己的身体劈开，直到自己的小肚子。然后，他把手伸进〔肚子中〕尽力地把自己的肝拉出；〔他做这些事情的时候，〕他还在说话。他用那把匕首切一块肝送给了他的兄弟们，〔他用这种法子〕表示他是多么轻视死，并且他是这样耐心地去受这种痛苦。然后他自动地跳入火中，〔冲向〕阿拉所诅咒

① 雷译作“有一个旅客说”。

的地方去了[1]〔，这就是说走进火狱〕。

回来报告这个故事的人还坚信，在那国度的山中，有一路印度人，他们的习惯同卡奈斐派（Kanifiyya）及亚里德派（Yalidiyya）的阿拉伯人一样；他们同样地喜欢空虚而无理的事。这种印度的山人及山坡下的人都有一种党族的自骄性〔，这使得他们常常互相挑战〕。这〔种骄性〕是这样的表现：山坡下的人时常走到山上去挑唆〔那些山上人，看他们之中哪一个〕最能忍耐对于自身故意的残毁；山上的人也同样地到山坡下去挑唆。

有一次，一个山上人走到山坡下去，向那儿的人挑战。这些人们就集合到他的身边[2]，有的人只是来看看热闹，有的人却是来〔看机会〕接受他的挑战。这个山上人向他们打赌[3]：叫他们照着他所做的奇事来做，假如他们觉得不能仿效他，那么他们就要认输了。他于是立刻就在一处长着芦苇的河边坐下[4]，并且命令那儿的人替他拔起一根芦苇来。

那边的芦苇同我们这里的芦苇一样的有韧性；梗子很像瓦壶（Dann），比之还要坚固[5]。假如有人将这种印度芦苇放在地上，它们就会〔叠成一个半圆〕尖头碰着地面，但只要你一撒手，它们就会回复到它起初竖立的样子。那个山上人就〔要求一个旁人〕把一根粗大的芦苇弄弯，送到他的面前，然后他就用

---

① 雷译作“走向神明所诅咒的怀抱内”。
② 雷译作“立刻，那里的居民就集合起来”。
③ 雷译作“这个人向那些来接受他的挑唆的人们说”。
④ 雷译作“他就在一个甘蔗林里坐下，那种甘蔗同我们的芦苇一样的有韧性”。
⑤ 雷译作“这种甘蔗梗像Aldan，还要比它厚”。

这根芦苇紧紧地结住他的发辫。他拿起一把杀人如同火苗一样快的锋利的匕首向山坡下的人们说："我要用这把匕首把我的头劈下，等到它同我的身躯脱离的时候，你们赶快把芦苇解开，等到〔芦苇〕举着我的头竖直了的时候，我就要笑，你们便可以听到一个极细微的笑声。"山坡下的人们觉得这是他们所不能做的事[①]。

告诉我们这件事的人并没有被人怀疑的可能，再说这事现在已是人人都知道的了；而且发生这事的印度和阿拉伯的土地相邻，这地方的新闻是时常不断地〔流传〕到阿拉伯的地方来。

印度还有一种风俗，就是当一个人，不论是男是女，他们的年岁大了，各部分的感觉已到了十分虚弱的时候，那个已到衰境的人就去要求他的一个亲族把他扔到火中烧死，或者扔到水中溺死。〔他们这样做是因为十分相信他们能再生。〕在印度，焚死尸是一种习惯。

在锡兰（Sirandib）岛，人们可以找到一座宝石山。〔在它的山坡上〕有找珍珠的渔户（直译：入海的渔户）和别种的宝物。从前，〔有时有人看见〕一个印度人上市拿着一把锋利而锻炼得极精的克利斯（Kris）——一种印度匕首——这个人把他在市上所能找出的最富的商人抓住，拉着他的领子，拔出他那把匕首，恐吓着他，并在大众的面前，毫无阻力地把那商人拉出城去。如果有人敢去干涉他的行为，那个强盗就会把商人杀死，然

① 雷译作"没有一个山坡下的人能学着他做"。

后自己再自杀。这个人把商人拉出城后，他就向他要一笔很大的赎款，一个紧跟着那商人的人就会将这款子拿出来赎他。这种犯罪的事，时时会发生，〔而且没有人去制止他们。〕直到一个新王〔登基后〕下令拘捕想要绑架商人的印度人为止。〔那绑人的〕人在快被捕的时候就把那商人杀死后，再自杀。有许多别的事情也是这样的结果，而那些印度〔强盗〕及阿拉伯〔商人〕就这样失去了生命。但是这种案子究竟被终止了，从此商人们的生命又有了保障。

那些宝贵的红色的宝石，绿色的碧翠及黄色的黄玉都是从锡兰山中取出的——锡兰是一个岛。这种宝石常常在潮水上升的时候出现；因潮水使它们从以前被雨（或瀑布）冲到的山洞、石窟、河床中滚出来。有许多的监察员用了王的名义来看守这种出产地。有时人们也在地面上开一个井，好像开矿一样，在那儿也能掘出宝石。但那类宝石上有一层矿皮包着，是要打开的。

在锡兰的国度里人民应用的是一种宗教上的法律，有学问的人们集合起来商量各种事情，好像在阿拉伯集合起来宣传先知们的寓言的人们一样。有许多印度人从各处来到这些有学问的人身边，并且在他们的口述之下，把那些先知们的一生及宗教上、法律上的种种规则记下来。

在锡兰岛有一座纯金的大偶像，水手们认为它有一个很惊人的重量。那里又有许多的寺院，为了建造它，也用过极大的款项。

在这座岛上有很多的犹太人及别种教徒的人，还有些摩尼教人。国王允许他们去崇奉自己所信的教义。

对着这个岛有一个极大的谷布（Ghubb）——就是一个看不见边缘而伸到海面上去的洲。水手们需要两个月以上的时间，才能沿岸走过这个叫作锡兰洲的谷布；所取的道路要经过长着许多树的沼泽和被水淹没的草塘①；这是个气候温暖的地带。在这个谷布（Ghubb）〔东边〕的口上有一片海洋，这片海洋名叫作哈尔干德海（Harkand，即Bengal，孟加拉海湾）。这个处在马纳尔（Mannar）海湾及保克（Palk）〔海峡之中的〕地方十分的可人，气候清正，一只绵羊只卖半个迪尔汗（Dirham，约五十生丁）。用了同等的价钱，人们可以买到足够一队人吃的蜂蜜和新鲜的达迪（Dadi）米〔这是一种我们不吃的米，形似大麦，比较细长，色黑味苦〕及别种东西煮成的热汤。

〔锡兰〕居民的主要娱乐是〔斗〕和玩拿得（Nard）——这是一种与骰子相似的游戏。这种地带的鸡长得十分大而有雄壮的巨足。人们把磨利的小刀绑在它们的足上；然后〔面对面〕将它们放开来斗。斗鸡的人用金子、银子、田地、种植的植物及各种的东西来赌。一只〔在战斗中〕胜利的鸡，时常会〔值或赚到〕许多的金子。在玩拿得（Nard）的时候也是一样，有些没有钱的人，为了虚荣及奢望，时常会用手指来赌。当他们玩〔这种骰子〕的时候，人们拿一个盛着〔椰子〕油或者芝麻油——在这个地方是不出橄榄油的——的大瓶放在火上烧热。在两个赌徒的中间放着一把很锋利的小斧子。当其中的一个人被打败了，对方

① 雷译作“要通过树林及花园”。

的人就拿起失败者的手，放在石头上，用斧子在上面一砍，就把手指从手上砍了下来；被砍的人把手浸在热油中，那油就会把受伤的地方炙好。但是这种肢体的缺损绝不会使败者中止赌博，所以时常，当两个人分开的时候，他们的手指会全失去了。有些赌徒把一根灯草浸在油中；然后把它放在身体的某一部分上，把它点着。灯草点着后，人们就可以嗅到一阵阵的〔烤〕肉味。〔这时候〕那肉体被烤着的人玩着拿得（Nard），并且连一点痛苦的样子也没表现出来。

这儿有一种无限制的堕落统治着男人及女人，堕落到那种样子。有一次，一个异国商人向那边的妇女，〔甚至向〕国王的女儿，求她的〔恩情〕[①]。这位女子便答应了他，在她父亲许可之下，到一个有树木的地方去找那商人。西拉夫（Siraf）的老年人就禁止把船开到那个国土上去，尤其是〔船上〕有青年人的时候。

在印度的巴萨拉（Basara）的节期——Basara〔是由阿拉伯文的Vaisara化出〕，就是"雨"〔及以后的情形〕；夏日，雨连着下三四个月之久，日夜不停。在雨季来临之前[②]，印度人就把应吃的食物预备好，等到巴萨拉（Basara）开始的时候，他们就躲在自己的木房子里，那些房顶十分的厚，上面还盖着茅草[③]。〔下雨时节〕没有一个人走到外面去，除了有很紧要的事情的时候。在这种无法避免的蛰居时期内，那些匠人及工

① 雷译作"人们有几次看见一个新到的商人走到国王的女儿身边求爱"。
② 雷译作"这好像是一个没有间断的冬日"。
③ 雷译作"他们的四面还有许多草木遮盖它"。

人只得做自己的工作。在这种时候，〔天气是这样的潮湿，〕时常会使脚心都烂了。巴萨拉（Basara）使得地方上的居民有法为生，〔因雨水使土地肥沃；〕如果不下雨他们就会〔饿〕死[①]。诚然，他们种的是米；他们不知种旁的东西，也不知除了米之外还有什么别的食物可吃。下雨的时候，米就在稻田（baramat，印度语）中生长了——它倒在地上不必人去照料，也不用水去浇它。等到天已放晴，〔上面没有雨云躲着的时候，〕稻的高大及重量也就长到了它的极点。冬天的时候是不下雨的。

在印度有些至诚而有学问的人，人们叫他们作婆罗门；有使王愉悦的诗人、天文学家、哲学家、卜者；有会从乌鸦的飞行上算命的人[②]；还有许多的专家。也有些魔术家和一种会耍戏法及发明许多奇怪的东西的人，尤其是在卡瑙季（Kanawj，即Canage），这种情形更多，这是瞿折罗（Gujra）〔王〕国的一个大城池。

在印度有一群叫作拜卡尔吉（Baykarji）的人，他们来去都是赤着身体，他们的头发〔是那么的长，〕一直把他们的身体及性的部分盖住。他们的手指甲长得像矛的锋刃，必到断了才把它们剪下来[③]。他们像行者一样地吃四方。他们的脖子上都用一根绳子挂着一个人的脑盖。〔他们很少吃饭；〕当他们饿的时候，就在任何一家印度人门口停下，人们就会把煮好的米给他们吃，因为房主〔觉得他们来是一种〕好的预兆。〔这种绝欲的游

① 雷译作“它使得国家富足，如果缺少它人民就会因它而饿死”。
② 雷译作“能使乌鸦飞行的人”。
③ 雷译作“只把断的除去”。

民〕把人们给他们的米放在他们戴着的脑盖中吃，当他们吃饱了以后就走了，等到必须要〔吃〕的时候再要。

印度人时常做宗教上的活动，他们觉得这样便能与造物主联系——阿拉的权威和伟大是超过这些妄人所说道（《可兰经》第十七章，第四十三节）——离他们头上极远的造物主。譬如，有人为了旅客们造了一个客店，里面便安置好一个可供应过路人需用东西的商人[①]，同时也安置一个印度的娼妓，她无代价地把自己卖与过路人。用这种方法，印度人们相信能得到善行的功果。

在印度有一种卖淫的女子，人们叫她们作"菩萨的娼"。她们的来源如下：当一个妇人许了愿，生下一个美丽的女孩后，她就把她带到菩萨面前——菩萨就是她们所崇拜的偶像——将她献给他。然后那女人就在市上为她的女儿找一座房子，〔在门口〕挂上一张彩幔，让她的女儿坐在那儿的一张太师椅上，坐得要使过路的印度人，或外国人以及可以容忍这种行为的教徒们〔能赏看她并且用她〕。〔任何人，〕只要出一笔定价，他就可以做这个女子的客人。每当这个〔娼妓〕将这钱积到了一个整数时，她就把这钱交给她〔被献〕的寺院里的看守人，去做寺中的用费。我们应该谢阿拉，这位权威的伟大的神！他为了我们著《可兰经》，使我们免去邪教人的罪恶！

名叫作木尔坦（Multan）佛的偶像位于曼苏那（Mansura）城旁，有许多的人们费了数月的路程到这里来朝拜。〔这些朝拜

① 雷译作"一个卖菜商人"。

的人们〕带了印度沉香来贡，这种沉香叫作迦摩缕波（Kamarupi，或是Kamarupa）[1]香——迦摩缕波为出产之地名——这是沉香中最优良的一种。所以他们把它献给佛，交与寺院的看守人，到香节的时候烧给佛。这种沉香平时要二百个第纳尔（dinar）才买得一个曼（Mann）。有时，人们在这一种沉香木上打一个印，印就深深地刻在木上了，由此可见它是多么的嫩。这种沉香是商人向看守寺院的人那里买来的。

在印度，有一种至诚的人，在他们教义的势力下，他们跑到凸出海面的小岛上种植椰子树。他们在这岛上开井，花钱请人从里面〔打出〕淡水来，等到有海船路过的时候，好将饮料供给他们。

从阿曼有许多的人到这个种着椰子树的岛上，他们带着木匠应有的工具及别种东西。他们把他们所想得到的椰子树木砍下来。等那种木材晒干后，他们就把它锯成木板。他们将椰子的筋纺成线，〔拿这种线〕把那些椰子木板连到一起。这种木板是用来做船的。用这种椰子木板，人们还能用它做摆舵及帆架；用它的叶子可以做帆，它的筋可以做哈拉巴特（Harabat），就是阿拉伯文中的“船缆”。等到船完全做好后，他们就把它装满了椰子果，运回阿曼去卖。〔这种买卖〕很有利润，因为〔船上的帆桅、舵、绳索及装运的椰子果〕都是他一个人在那里任意选择的，并不需要别人来帮助他。

① 迦摩缕波，为古时南亚诸国之一，故址位于今天的印度。

桑高地方

桑高的境界〔位于阿非利加，即非洲之东，瓜达富伊(Guardafui) 海峡之南〕，是十分的广大。桑高的特产有杜拉(即高粱) 做人类的主要粮食；此外尚产甘蔗及数种黑色的木材①。桑高境界的王经常地互相起战争②。王的跟前有一种叫作穆哈扎木 (Muhazzamun) 的人，穆哈扎木 (Muhazzamun) 就是穿鼻人的意思，因为他们的鼻尖是被人用针穿过的。人们拿环穿在他们的鼻孔中，〔好像穿在骆驼的鼻孔中的一样，〕环上再拴上一条铁链。战斗〔的时候〕，他们在军队的前面走，每条铁链的末端都有一个看守人拉着，可以阻止战士们的前进，好让中间人在两个敌军之间调停。如果这次调停阻止了这场战事，〔战士们就退回原处〕。如果调停失败，看守人就很小心地把铁链拴在穆哈扎木 (Muhazzamun) 人的颈上，放他们自由行动，这样他们就战斗起来。这些战士们将他们的立脚地把得很

① 雷译作"植物在那里长得很茂盛，如同杜拉是那里的粮食，还产黑色的甘蔗和别种黑色的植物"。

② 雷译作"桑高地方有许多的王时常打仗"。

稳，除了死亡之外，他们之中决没有一个会离开他们的位置[①]。

在〔黑奴们〕的心中充满着一种对阿拉伯人敬畏的心理[②]。当他们看见一个阿拉伯人的时候，就在他面前下拜，并且说："这是一个从产海枣树地方来的人。"〔从这里，人们就会知道〕他们是多么地会估量海枣的价值，并且对〔阿拉伯人〕有好感[③]。这些黑奴们讲呼特哈（Hutha）经，这是礼拜五的一种功课。那时他们为天主教最初的神父们念经，别的地方，没有一个讲道的人能这样地用本地的语言来宣传他们的呼特哈（Hutha）经[④]。在这个地方也有专信阿拉的宗教的人，他们穿着豹皮或是猴皮，他们的手中都拿着一根棍子，他们到处去找愿意与他们合群的居民，来围在他的身边。〔这个修行者〕从清早到夜晚地立着，他忏悔着，并且使那些旁听者也记住了阿拉，那万能的上帝！他把他们之中有罪的及不忠实的死者的故事述说给他们听。从这个地方有许多叫作桑高豹的豹皮输运出口，这种豹有红色及白色的斑纹，它们十分巨大而有力[⑤]。

---

① 雷译作"有些调停的人在两队中说和，如果大家答应了他们的办法，大家就退回去；不然的话，铁链就卷在战士们的颈上；这战士就自由活动了，没有一个人能离开他们的地方，他们全死在他们所守的地方"。雷译此处不分节。

② 雷译作"阿拉伯人在这种民族中有极大的势力"。

③ 雷译作"这个民族是这般的喜欢海枣，并且他们心中都有极深的印象"。

④ 雷译作"宗教上的问题都在人民的面前述说，没有一个地方的说道者能像这儿的言语不改变"。

⑤ 雷译作"在这个地方，有一种人他们是被弃于苦修的生活中，他们的身上披着豹皮或是猴皮，他们的手中都拿着一根棍子，走向有居民的地方，立刻，那边的居民就会集起来，苦修的人时常从早上一直立到夜里，他使人们忏悔着，并且使他们忆到上帝，他把他们国中的死者所得到的报应都述说出来。人们从这儿运出叫作桑高的豹，豹皮是红白色，面积是十分的宽大"。

在〔这个地带〕的海面上有一个叫作苏可都拉的海岛，岛上出产一种沉香，一种叫作苏可都拉的沉香。这个岛位于桑高及阿拉伯的近处。那里大多数的居民都是耶稣教徒，这是因为：当亚历山大一世战败波斯王后，就写信给他的军师阿里斯都德，告诉他会有机会〔经过〕他所知道的许多〔新〕的地方；阿里斯都德在回信上叫他去占领那专产沉香的苏可都拉岛，因为沉香是药材中最主要的药品[①]。如果药材中缺少了它，就不能称为一服完备的药剂。他并且说，应该把本地的居民逐走，叫希腊人来看守住；这些希腊人可以把沉香运到叙利亚、希腊及埃及。亚历山大就派去了〔一些军队〕把岛上的居民驱逐了，再在那里安排了一队希腊人。同时他又命令自从杜里一世崩后归他管理的许多分散着的小国替他看守着这个岛。希腊的殖民在那里很安宁的生活，一直到阿拉派耶稣——愿他被大众敬畏啊！——到人间以后。在这些岛上有一个希腊人知道耶稣的使命，于是苏可都拉所有的殖民都奉信了耶稣教，如同罗马人信奉的一样[②]。这些信奉耶稣教的希腊人的后裔在那儿一直留到现在（公历九一六年左右），和许多与他们异族异教的人们住在同一个岛上。

第一卷书上没有提到，当海船由阿曼到阿拉伯时候所经过的，大海（阿曼海）的航线正中左面（即东面）岸上的人民风俗。因为第一卷书上只写了印度海及中国海，而作者只想写出这几

① 雷译作"那里产沙白，是药品中最主要的药品"。

② 雷译作"居住着希腊人的岛，听见大众论说耶稣，他们借罗马人为样也奉信了耶稣教"。

个地方[1]。

在右面（即西面）的西印度海内，从古波斯海湾引出的地面上，有一个出香料的地方叫作席赫尔（Shihr）和几个阿拉伯的部落，亚大、希买、如伦、杜巴（是这些部落先王们的名字）。这些部落所用的言语都是很古的土话，〔别的〕阿拉伯人大半是不能了解的。他们住的地方是不固定的，总在困苦贫穷中生活。他们住的地带一直延伸到亚丁及阿拉伯的边境上。〔这海岸一直延伸向北〕到犬达（即如达），从犬达到阿加再到叙利亚海岸，然后到达朱苏（苏伊士近处），在那里中止。〔《可兰经》上说过：〕那万能的上帝，阿拉曾将一条界线放在这两海（红海及地中海）之间。自朱苏起，海就转了方向，〔向南，〕沿着白贝拉〔靠近红海的东面〕，由这个东边的海岸再向南，经过与阿拉伯相对的地方，一直到阿比西尼（位在亚丁海湾内）。从那里人们运输出口一种叫作白贝拉的豹皮，这是最漂亮而品质最佳的一种，在苏拉〔城中〕人们可以找到琥珀及玳瑁（dzabal）。

那些从右面（即西面）的印度海（红海）中来的西拉夫（Siraf）武装船主们的船来到犬达后，只能停在那儿的海口上。要运到埃及去的货物搬上一种〔吃水极浅的船，这种船叫作〕朱苏船。西拉夫的武装船主们的船从来也不敢从〔红〕海的〔北面〕经过，因为航行的时候很困难，路上常常有珊瑚礁来阻止船的前进。在海岸上没有王〔没有管理人〕，也没有居民。在这个海上航行的船到夜里就要找到一个可以抛锚的地方，因为海

① 雷译作“作者大约觉得印度及中国为最重要的地方”。

水的颜色很黑，并且会发出一种极难闻的气味。在这个海上，无论是海面或是海底，都是没有一点好处。它不像中国海及印度海，在它们的海底有珍珠及琥珀，山里又有宝石及多量的黄金。

〔被这两个海浇灌着的土地上的动物〕嘴中都有象牙；〔这些地方〕的专产品，有乌木、苏木、竹子、檀香及别种的好香料，在鸟类中可以〔注目的〕有鹦鹉及孔雀。人们可以猎到麝香猫及小鹿。要把这个地方的好物产一一地记下来是一件不可能的事，因为那儿的出产太多了。

琥　珀

印度海海岸上的琥珀块都是被海水冲来的。人们因此就在印度海中发现了琥珀，不过人们都不知道它是从什么地方来的[①]。人们只知道〔一部分〕出于桑高的尽头处。这种琥珀的形状是一颗灰色的蛋。这些地方的人们在月光明亮的夜里，就骑着骆驼去寻琥珀；他们在海滩上走着，〔他们所骑的骆驼〕是训练好的，专会找琥珀。当骆驼看见一块琥珀的时候，它就跪下去，骑在他身上的人知道了，就下了他的坐骑把它拾去。人们在海面上也可以发现极大块的琥珀。有时这种琥珀的体积会同野牛一般大小。有一种叫作达尔（Tal）的鱼，它们看见了这种琥珀块就要把它吞下；但是琥珀一到鱼的胃里，这条鱼就要死了，漂在水面上。有一种人知道鱼吞琥珀最多的时节，他们就坐了船在水面上看守着。当他们看见了有一条鱼漂在水面上的时候，他们就用铁叉打入鱼的背里，这种铁叉是被极坚固的绳拴住。他们

① 雷译作“琥珀是一种被海水冲下海岸去的物件。它在印度海中出现，没有一个人能知道它实实在在的出源地方”。

用这绳把鱼拉上岸来。人们就立刻把鱼的胃打开，把〔它吞下的〕琥珀取出。靠鱼肚皮的地方的琥珀叫作曼德（Mand），这种琥珀会发出极大的臭味。在巴格达及巴士拉地方的香料店中，可以买到许多这一类的琥珀。没有被鱼味浸入的琥珀是十分纯洁的。人们常常用鱼背上的脊骨做成一只可以坐得很适宜的椅子。据说，在西拉夫城外十里来往的地方有一个叫作阿得太（at-Tayn）的小村，村上有几座很古老的房屋；房子的屋顶是十分的漂亮，这种屋顶就是用这种鱼骨做成的，从前我听见有一个人说过：在西拉夫的近处〔的海上〕，有一条鱼在那里死了。这个人就到那里去看，看见已经有许多的人，用了一只小梯子爬在这条鱼的背上了。当渔夫们捉到了这种鱼的时候，〔他们就把它带到岸上〕在太阳底下把它的肉切成块。他们在地面上掘出一个洞，用来存它的油。等到太阳的热力把油炼出后，他们就用勺把它舀出，将它卖给船主们。拿这种油加上了别的东西就可以涂在航海的船上，可以塞满〔缝船板时〕锥破的洞，同时塞满船板的空处。这种鱼油的价格是很高的。

鹦 鹉

珍　珠

珍珠变化的起源是阿拉——愿他降福于我们！——的成绩，这个万能而伟大的上帝自己〔在《可兰经》三十六节上〕说过：能将〔万物〕创成对偶、能使田地发芽、能造成有魂魄的人及〔人类〕所不识的东西就是光荣。珍珠最先的大小同昂如丹（Anjudan）的种子一样。它有它的颜色、它的形状、它的大小、它的轻捷、它的细巧与它的娇嫩。它在水面上很困难地漂着，然后就落在〔停留在出珍珠的礁上〕的渔夫们的船上。以后它随着时间的推移而达到了发育的极点，它的形状变大了，同时也变硬了。等到它的体量变重后，就拴在海底里，在那儿，只有阿拉才知道它吃的是什么东西。这时候，它就像一块红色的舌头肉，上面没有骨头、神经及血管。关于珍珠长成时的经过，大家有许多不同的意见。有人说，当下雨的时候，有一种〔双壳的珠〕蚌漂到海面上，它们把壳张开，接受雨的水珠。这些雨珠就会变成珍珠。还有人以为珍珠是珠蚌自己产生的。这一种意见此较准一些。因为人们时常可以在蚌中看见珍珠像草一样地生长着，并且同蚌壳相连。人们把珍珠从蚌中取出，所以这个海面上的商

珍　珠

人叫这种珍珠为“分离珠”，但是阿拉是最聪明的一个。

在我们所听到许多奇谈怪论中，有一个穷人变富的故事。我把它写在下边：

从前有一个游牧的阿拉伯人来到巴士拉（Basra）的地方，他的身边带着一颗值很多钱的珍珠。他带着珍珠来到一个开香料店的朋友家中，把它拿了出来，并且问他，因为他绝对不知道它会值多少钱。卖香料的人告诉他〔这一粒东西〕是一颗珍珠。“不过它到底值多少钱呢？”阿拉伯人问。

“一百个迪尔汗（Dirham）。”卖香料的人回答。

阿拉伯人觉得价钱已是很高，于是他又问：“〔谁会出你所说的那么多钱，来向我买呢？〕”卖香料的人就〔立刻〕把一大堆值二百个迪尔汗（Dirham）的钱倒给阿拉伯人，这个阿拉伯人就用了这些钱给他的家庭买了许多的应用的家常用品。至于卖香料的人呢，他拿了珠子到巴格达，人们用了一笔更大的数目的钱把它买了过去。卖香料的人因此能将他的买卖扩充大了。

卖香料的人问阿拉伯人，他的珍珠是从哪里来的，于是这一段述说便传了出去。阿拉伯人向他说：“我经过靠近阿桑曼（as-Saman）的地方，这是巴林（Bahrayn）的一个〔村子〕（在古波斯海湾西面），距离海面极短的路程。在沙滩上，我看见了一只死狐狸，有一样东西在它的嘴上，使它的嘴紧紧地闭着。我走下了〔我的马或是骆驼〕去观察一下我所疑惑的东西。这是一只盖子似的东西，它的内部是洁白而明亮的。我在盖子中找到了这颗圆的东西，我就把它收了起来。”

如此，卖香料的人就明白了这件事：最初是这只珠蚌来到海岸上吸空气，这是蚌的一种习惯。有一只狐狸从那边经过。当它看见了张开着的蚌壳中的一块肉时，它立刻跳向珠蚌，将头伸进它两片张开的壳中，并且咬住了那块肉。〔立刻〕这只蚌就把它的壳闭上了，咬住了狐狸的嘴。当一只蚌闭上了它的壳，而外面还有件东西碰着它的时候，没有一个人能将它打开；在人们收获珍珠的时候，是用一种铁的器具把蚌劈开的。因为珠蚌之爱护它的珍珠，就如同母亲爱护自己的儿女一样。当狐狸看见它〔的嘴被蚌壳夹住〕，它就开始跑起来，把珠蚌上下左右地敲打着，珠蚌也是不放松。〔过了不久〕狐狸和珠蚌都死了。这就是游牧的阿拉伯人怎样发现了那只蚌，并且怎样地把蚌中含着的〔珍珠〕取去。阿拉把他引到卖香料的人那里，这样就使得他能够在世界上生活下去。

关于印度的别种传说

印度的王都带着用金镶的宝石耳环，颈上戴着很名贵的红色宝石及绿色碧玉颈链，他们时常也用珍珠来做颈链，不过珍珠是最贵的一种。现在，珍珠组成了国王们的宝库，并且使他们有了财政权。

将军们及高等的国家官吏也同样地戴着珠子的颈链。印度的长官们总是被人们用轿子抬着。他们的身上只穿一块缠腰布；他们的手中拿一件叫作克达（Catra）的东西——是一把用孔雀毛做成的伞。他们把它拿在手里用来遮太阳的光。〔当他们出去的时候，〕四周都有仆人们围着。

在印度，有一种特殊阶级的人，他们从没有两个人同时地用一个盆子或是用一张桌子吃饭，他们觉得这是一种污行，并且可厌的事。当这些信徒们来到西拉夫，并且有一个重要的商人在自己家中请他们吃饭，客人或多或少，即使有一百个，这个主人也应该在每一个信徒的面前放一只盆子，他们在这只盆子中吃，这只盆子是永久地留给他们的①。至于印度的王及贵族们呢，人

① 雷译作“主人应该给他们每人一只盆子，他们就用它吃，没有一个旁人可以用手碰一下”。

们专为他们用椰子树的叶子编成极细的饭桌，又拿同样的椰树叶子编成盆子及碟子。饭做好后，人们就用这些草编的盆子或碗吃，吃完以后，人们拿这些草做的桌子盆子或碗及所留下来的食品都扔在水中，到明天再编用新的①。

从前人们拿西拉夫地方的第纳尔（Dinar）运到印度来，每一个值〔普通〕的一个第纳尔的三倍。同时，人们从埃及运来封在宝石箱里的碧玉，人们也运卜萨德（Bussad，即珊瑚）和一种叫作达纳吉（Dahnaj，绿色的石头，极似碧玉），但是〔这种运品现在是〕停止了。

大多数的印度人，被人觐见的时候，他们让他们的妻子见本国及外国的人；并没有用一条纱遮住她们的脸，让人们看不见她们。现在我把听见的许多关于海的故事中最著名的几个说一说。我把水手们说的连他们自己也不信的谎话都丢弃了。只限于正直的报告，虽然是为数极少，但全是可取的。是阿拉引我们向正直的路上走！

赞美世界之主阿拉！求你降福给你的创造物中最好的人物，像穆罕默德（Muhammad）与圣人的全家！我们的心愿如此。啊！慈祥的保护者，有效的帮助者。

此书是按照我们所抄的手抄本做成的，时间是回历（Hegire）五九六年二月（公历一一九九年十一月），是阿拉引我们向正直的路上走。

苏莱曼东游记终

① 雷译作“他们觉得第二天吃同样的东西是不应该的”。

后 记

今年1月，我们的舅舅——北京中央音乐学院刘育熙教授，给我们转来了华文出版社杨平先生的信。在信中杨先生提到为了响应党和国家"一带一路"的倡议，为了促进中国与丝路经济带地区的文化交流，华文出版社正在积极准备出版一套"丝路文库"精品丛书，其中包括《苏莱曼东游记》。这本书是唐代851年来华的阿拉伯商人所作，也是最早的关于中国和远东的一本旅游记，比元代《马可波罗行纪》还要早约四百多年。《苏莱曼东游记》最早的中文译本，就是由我们的外祖父刘半农和母亲刘小蕙合作从法文版翻译过来的，曾于1937年出版过。今天当我们看到这本八十年前的小书以崭新的面貌出现在读者面前的时候，感到很是喜悦，因为它为我国海上丝绸之路的历史和文化添上了重要的一笔。

母亲刘小蕙是外祖父的长女，1920年外祖父赴英国伦敦求学时，她随父母亲同行。1921年外祖父为了继续完成学业，又举家迁往巴黎。在这段时间内，母亲除了帮助外祖母照顾在伦敦新出世的双生弟妹以外，还需要经常和邻居们接触并且外出购买物品，这样的生活环境使她得到了生活上的锻炼，也打下了良好的法语基础。她在附近的法国小学读书以后，法文水平提高得更快。母亲很有语言天分，而且很早就开始对阅读产生了极大的兴趣，她聪明好学，因此也特别受到外祖父的疼爱。外祖父在《朝鲜民间故事》校后语中曾经这样写到我们的母亲："有时叫她去买面包，买了半点钟不回来，出门一看，她正悉心静气地站在报摊子面前，弯着头看那横挂着的儿童画报！因此，我每遇到她可以看得的书，总给她买几本。"在此期间，母亲还阅读了法文本《鲁滨孙漂流记》和大仲马写的《基度山恩仇记》，看了以后还喜欢把故事讲给小朋友们听。

1925年，外祖父学成回国以后，复任北京大学教授，母亲则进了孔德小学读书。外祖父对母亲的教育是非常重视的，他不但请了老师帮助她补习中文，同时还送她去一家法国学校继续进修法文。外祖父也从此时开始指导母亲翻译短小的文学作品，母亲自己也喜欢编写一些小故事，登在《孔德月刊》上。多年以后，母亲在她的题为《刘半农与翻译》的文章中曾经写道："我的翻译工作都是在父亲的指导下完成的，书的选题和翻译设计以及译文的审查都凝结着父亲的心血，特别是他通过翻译课题对他的女儿进行了耳提面命的教育，真像是一位难得的严师。"在外祖父耐心的教育和帮助下，母亲对翻译工作的兴趣日益浓厚，还陆续翻译了《朝鲜民间故事》《法国中古短笑剧》等书，以及不少法国名著和外国电影，最终成了一位资深的翻译工作者。《苏莱曼东游记》的前半部分最初是外祖父翻译的，并曾在《地学杂志》上连载过。1934年外祖父去世以后，母亲记起了外祖父对她的嘱咐和期望，为了纪念外祖父，她继续努力地翻译了本书的其余部分，1936年终于完成了外祖父的遗愿。

沉睡了多年的《苏莱曼东游记》重新出版了，它又和广大读者们见面了，这是一件非常可喜的事。想起我们的外祖父和母亲当年的辛勤译作，能符合今天的“一带一路”精神，并为丝路文化交流重新发挥作用，我们为此深感欣慰。我们还需要进一步地学习和继承前辈们为我们留下的宝贵精神财富，今天能为丝路文化的研究添砖添瓦，是我们的荣幸。在此，我代表译者的后辈们向华文出版社表示感谢，并衷心希望这本书能为丝路文化交流做出新的贡献！

刘小蕙的子女们

方慕文执笔

2015年10月1日

图书在版编目（CIP）数据

苏莱曼东游记 /（阿拉伯）苏莱曼著；刘半农，刘小蕙译．-- 北京：华文出版社，2015.7（2022.8 重印）

ISBN 978-7-5075-4381-0

Ⅰ．①苏… Ⅱ．①哈… ②刘… ③刘… Ⅲ．①游记－作品集－阿拉伯半岛地区－中世纪 Ⅳ．①I371.63

中国版本图书馆CIP数据核字（2015）第145616号

苏莱曼东游记

SULAIMAN DONGYOUJI

著　　者：〔阿拉伯〕苏莱曼
译　　者：刘半农　刘小蕙
绘　　图：周健美
策　　划：杨　平
责任编辑：杨艳丽　袁　博
特邀编辑：王　芳
出版发行：華文出版社
社　　址：北京市西城区广外大街305号8区2号楼
邮政编码：100055
网　　址：http://www.hwcbs.cn
电子信箱：silkroadlibrary@qq.com
电　　话：总编室 010-58336239　发行部 010-58336267
　　　　　责任编辑 010-58336191
经　　销：新华书店
印　　刷：北京画中画印刷有限公司
开　　本：710 × 1000　1/16
印　　张：9.5
字　　数：60 千字
版　　次：2015 年 7 月第 1 版
印　　次：2022 年 8 月第 3 次印刷
标准书号：ISBN 978-7-5075-4381-0
定　　价：38.00 元